疑惑！仇討ち本懐

椿平九郎

4

早見 俊

時代小説

二見時代小説文庫

疑惑！ 仇討《あだう》ち本懐

——椿平九郎 留守居秘録4

目次

第一章　仇討《あだう》ち

一

「仇討《あだう》ち免状を与えた若田小四郎《わかたこしろう》に会ってまいれ」

椿平九郎《つばきへいくろう》は矢代清蔵《やしろせいぞう》に告げられた。

愛宕《あたご》大名小路の一角に門を構える出羽国横手藩《でわのくによこてはん》十万石大内山城守盛義《おおうちやましろのかみもりよし》の上屋敷の奥座敷、日に日に寒さが募る文政《ぶんせい》四年（一八二一）神無月《かんなづき》二十日の昼下がりである。

平九郎は、幕府や他家との折衝《せっしょう》に当たる留守居役にしては異例に若い二十八歳、長身ではないが、引き締まった頑強な身体つきだ。ただ、面差《おもざ》しは身体とは反対に細《ほそ》面《おもて》の男前、おまけに女が羨《うらや》むような白い肌をしている。つきたての餅《もち》のようで、唇は紅《べに》を差したように赤い、ために役者に生まれたら女形《おんながた》で大成しそうだ、とは江戸詰めになって以来、家中《かちゅう》で噂されている。

承知しました、と平九郎は返事をした。

矢代は江戸家老兼留守居役の重職にある。家中で、のっぺら坊とあだ名されているように、喜怒哀楽を表に出さない無表情が板についている。腹の底を見せない老練さと沈着冷静な判断力を備えた平九郎の上役である。


平九郎は若田小四郎が控える座敷にやって来た。断りを入れてから中に入る。

「若田小四郎です」

小四郎は丁寧に挨拶をした。

青々とした月代《さかやき》、ふっくらとした顔は幼さが残っている。若侍というよりは少年だ。

平九郎も名乗ってから、

「若田殿はおいくつか」

と、問いかけた。

「十八です」

はきはきとした返答の中にはお国訛《なま》りが感じられ、それが純朴さを醸《かも》し出してもいる。

平九郎は小四郎の顔に父親小兵衛《こへえ》の面影を重ね合わせた。

小兵衛は羽後《うご》横手藩大内家切っての遣《つか》い手であった。藩主の兵法指南役を務め、横手城下では道場も営んでいた。平九郎も少年の時分には通《かよ》っていたが、途中、剣に対する考えが合わなくなり、道場を辞めた経緯《いきさつ》がある。

そのため、息子の小四郎が小兵衛の仇討ちをすることに複雑な思いを抱《いだ》いた。助太刀《すけだち》をしたくない、という気持ちではない。小兵衛の道場を去った自分が助太刀をしていいものかという躊躇《ためら》いと、不義理をした師のために小四郎を助けるべきだという贖罪《しょくざい》の念が胸に渦巻いているのだ。

「わたしも若田先生の門人《もんじん》だった。不出来な門人でな。先生の教えに背《そむ》いてしまった……生意気盛りであった。剣は実戦を想定したものであるべき、と常々先生はおっしゃっておられた。わたしは泰平《たいへい》の世の剣は武士の魂を磨くべき武芸の一環《いっかん》であるべき、と主張してしまった……」

小兵衛の古武士然《こぶしぜん》とした佇《たたず》まいが脳裏に蘇ってきた。枯れ木のように痩せた身体を紺の胴着に包み、ひたすらに剣の道を進む求道者《ぐどうしゃ》のようであった。

二年前の秋、城下にある若田の道場が閉鎖されようとした。実戦を想定すべし、という小兵衛の考えに基づいて若田道場では真剣での稽古が行われていた。もちろん、真剣を用いた立会いはなされなかったが、型の稽古、米俵や藁《わら》人形を斬ることが行われた。また、より実戦を想定し、山中に踏み入っての野犬斬りが実施された。

その野犬斬りで事故が起きた。

同じ野犬を斬ろうとした門人同士が誤ってお互いを傷つけてしまったのだ。山の天気は変わりやすい。朝には日が出ていたのに、昼になると黒雲が立ち込め、たちまちにして雷雨となった。

小兵衛は野犬斬りを中止しようとしたが門人たちの、「雨中でこそ実戦剣の稽古となります」という強い声に応じ、稽古を続行した。山林と雨によって視界が狭められて起きた事故であった。

一人は脇腹を斬られ、出血多量により死亡。もう一人は肩に傷を負ったが命に別状はなかった。死傷した門人の身内は剣の稽古での不慮の事故だからと小兵衛を庇《かば》ったが、大内家中では、実戦を重んじる小兵衛のやり方を批判する者もあり、道場閉鎖の声が上がったのだった。とりあえずの処置として稽古休止扱いとなった。

ところが、その半年後、城下を騒がす大事件が発生した。凶悪な山賊が商家に押し込み、金を奪ったばかりか主人家族、奉公人を惨殺したのだ。大内家は征伐隊《せいばつたい》を編成、敵の凶暴さゆえ真剣勝負に長《た》けた者ということで小兵衛の道場からも選抜された。小兵衛も加わったばかりか指揮官となった。

小兵衛は指揮官として獅子奮迅《ししふんじん》の大活躍、山賊一味壊滅《かいめつ》に多大な貢献をした。この働きにより、小兵衛の道場は再開され、小兵衛の武名は一層高まったのである。

そんな若田小兵衛が斬殺《ざんさつ》された。

「先生の果てられた時の様子を話してくだされ」

報告書は読んでいたが小四郎の口から確かめたかった。

小四郎はうなずくとおもむろに語り始めた。


事件が起きたのは三日前、十七日の夕暮れであった。

若田小兵衛は兵法指南役として江戸藩邸に詰めていた。

小兵衛は三年置きに半年の間江戸に滞在をするのが慣例であった。その際は若田小兵衛の武名を慕い、横手藩大内家以外の藩士たち、それに直参旗本たちの中にも教えを請《こ》うために詰めかける者もいた。

小四郎は父の手伝いで江戸にやって来ていた。

横手藩の抱え屋敷である深川佐賀町《ふかがわさがちょう》に若田の道場はあった。二百坪の敷地を黒板塀が巡り、往来に面して道場が構えられている。母屋もあるがとても住まいとは呼べない質素さであった。実際、物置小屋を改造したものだ。

このようにいかに武名を称《たた》えられようと小兵衛は決して奢《おご》らず、威張《いば》らず、静かな剣客の佇まいを保ち続けていた。

小四郎は外出先から道場に戻った。

夕闇の庭に小兵衛が倒れ伏していた。紺の道着姿のままであった。稽古が終わり、道場には誰もいなかった
「父は背中をばっさりと斬られ、息絶えていました」

小四郎は言った。

その時の光景が蘇ったのか伏し目がちとなり、悔しそうに唇を嚙み締めた。

下手人《げしゆにん》の見当はついた。

熊谷格之進《くまがやかくのしん》、若田道場の師範代である。国許では納戸役《なんどやく》を務める二百石取りの藩士だ。横手藩の国許でも師範代を務める、いわば小兵衛の一番弟子であり道場運営にあってはまさしく右腕であった。

熊谷が下手人と見られるのは、その日を境にぷっつりと姿を消したからだ。藩邸にも戻らず、杳《よう》として行方は知れない。

横手藩では南北町奉行所に協力を求め、熊谷の行方を追っている。捕縛したなら、

横手藩への引き渡しを頼んでいた。

熊谷の処分を巡り討議が行われた。

吟味《ぎんみ》の上、熊谷が下手人と確認できたのなら切腹させるべしという意見で一致した。ただ、熊谷家の処遇については意見が分かれた。熊谷が小兵衛殺害に及んだ事情によっては、熊谷家は存続させても良いのではという意見と、師たる小兵衛を背中から斬りつけたという武士にあるまじき卑怯な所業《しょぎょう》をした熊谷は厳罰を以《も》って処罰すべきであり、御家も改易《かいえき》に処すべきだ、という強硬な意見も主張された。

熊谷の身内は国許にあり、妻と二人の男子がいる。平九郎は熊谷の吟味は入念にすべきだ、という意見を唱えた。

まずは、熊谷の行方を見つけ出さねばならない、と熊谷家の処分は未決のまま討議の場は終了しようとした。藩主盛義は、「よかろう」と了承した。「よかろう」は盛義の口癖、家臣たちの意見に異《い》を唱えない素直な殿さま、と家中では、「よかろうさま」と好意を以って称《しょう》されている。盛義は来年の卯月《うづき》のお国入りに備えて横手藩領について重臣たちから学んでいる。一昨年、家督を継いで初のお国入りだ。

本来なら今年にお国入りすべきところを、来年正月に婚礼を控えているため、特別に一年の延期をしてもらった。お国入りを前に、盛義としては横手藩が誇る剣客が一番弟子に殺された大事件をなるべく穏便《おんびん》に済ませたいようだ。熊谷本人の切腹は致し方ないとしても熊谷家改易には慎重というのが表情から窺《うかが》えた。

ところが、突如として討議内容がひっくり返されてしまった。ひっくり返ったというのは正確ではないが、熊谷自身の処分、つまり切腹という処罰が変更されたのだ。変更された原因は隠居した大殿、盛清《もりきよ》であった。討議終了間際の大広間に突如として盛清は乗り込み、

「熊谷格之進じゃが切腹には及ばず」

と、言い放ったのだ。

啞然《あぜん》とする盛義や重臣たちに向かって盛清は続けた。

「若田小兵衛には倅《せがれ》がおろう。倅に仇《かたき》を討たせるのじゃ。父の仇、熊谷格之進を討ち果たし、見事本懐《ほんかい》を遂げよと倅の……」

名前を知らない盛清に、

「小四郎でございます」

と、平九郎が教えた。

盛清はうなずき、

「若田小四郎に仇討ち免状を与えよ……よいな、盛義、いや、殿」

と、盛義に命じた。

盛義は江戸家老兼留守居役矢代清蔵に視線を預けた。気を落ち着かせた重臣たちから、「それがよい」と盛清に賛同する声が上がった。大殿の威光《いこう》には逆らえないことに加え、それが武士として小四郎のけじめのつけ方であり、熊谷の処罰としても適していると判断されたのだ。

重臣たちの意見を汲み取る形で、

「殿、若田小四郎に仇討ち免状を下されませ」

無表情で矢代は言上《ごんじょう》した。

「よかろう」

と、盛清が回答したのは言うまでもない。

そんな経緯があった仇討ちである。

目の前の小四郎は、

「わたしは、よくわからないのです」

と、戸惑いを示した。

「よくわからないとは……」

首を捻《ひね》り、平九郎は問い直した。

「熊谷殿が父を斬ったわけです」

顔をくもらせ小四郎は答えた。

「若田先生と熊谷殿の間に何かいさかいが生じてはいなかったのかな」

正直、平九郎は熊谷をよく知らない。

若田道場の師範代を任されるからには相当に腕が立つのは間違いない。国許で何度か会ったことはあるが、目が合うと黙礼を交わす程度の間柄であった。長身でがっしりとした身体、浅黒く日焼けした寡黙《かもく》な男、という印象だ。

横手藩領の出身ではなく江戸生まれだ。直参《じきさん》旗本の三男坊で元服《げんぷく》してから大内家家臣熊谷源太郎《げんたろう》に養子入りしたはずだ。歳は三十半ば、武芸者として脂《あぶら》が乗っている。

「いさかいはなかったように思えます。少なくともわたしは父と熊谷殿が激しくぶつかり合った現場を目撃しておりません」

小四郎は言った。

「表立っての争いは起きていなくとも、見えないところでの憎悪が生じているのはよくあることだ」

という平九郎の考えに、

「そうかもしれません。ですが、熊谷殿は心より父を尊敬していました。一人っ子のわたしにとりまして、熊谷殿は歳の離れた兄のような存在でした。ですから、わたしには熊谷さんが父を斬ったなど信じられないのです」

「小四郎殿の気持ちはわかったが、事情は不明でも熊谷殿が行方をくらましたのは事実だ。若田先生を斬っていないのなら、道場から逃げること、いや、逃亡と見なされるような所業はしないはずではないかな」

静かに平九郎は考えを述べ立てた。

「そんなことはありません」

むきになったようで小四郎は声を大きくした。が、すぐに取り乱したことを詫《わ》び、

「父は背中を斬られていたのです。熊谷殿はそんな卑怯《ひきょう》なことはしません。たとえ、なんらかの事情で刃傷沙汰《にんじょうざた》に至ったとしましても、父とは正々堂々と刃を交わしたと思います。それが、背中を斬るなんて」

信じられません、と小四郎は首を左右に振った。なるほど、小四郎が熊谷の仕業《しわざ》であることを疑うのも無理はない。

「何か事情が……熊谷殿と若田先生の間によほど深い遺恨《いこん》が生じたのかもしれないな」

つい思いつきを平九郎は述べ立ててしまった。

すると、

「深い遺恨とはなんでしょうか。わたしには見当もつきません」

一段と小四郎の混迷《こんめい》を深める結果となった。

「さて、それは熊谷殿に確かめるしかあるまいな」

平九郎は無難な言葉に代えた。

「それはそうですが……」

小四郎は強い疑念から逃れられないのである。熊谷格之進を信頼してきたことを物語っている。

するとそこへ、

「御免《ごめん》」

と、断りの声がかかった。

二

入るよう了承すると藩主盛義の馬廻り衆、秋月慶五郎《あきづきけいごろう》が入って来た。誠実で実直、竹を割ったような若者である。

秋月は小四郎に挨拶をして、父小兵衛の非業《ひごう》の死を悼《いた》んだ。秋月も小兵衛が江戸に滞在する間は必ず何日か道場に通《かよ》っていたのだ。

「先生の悲報を聞いて耳を疑いました。しかも師範代殿の仕業とは……」

秋月はうなだれた。

秋月のしおれようは、師である若田小兵衛の死を悲しむのと師範代熊谷格之進の仕業という衝撃が入り混じっているようだ。秋月も小四郎と同様、熊谷が師を斬る、しかも背中から斬りかける卑怯な所業をしたことが半信半疑なのかもしれない。

秋月が表情を落ち着かせるのを待ち、

「秋月殿、若田先生が亡くなった日も稽古に行かれたのですな」

平九郎が確かめた。

「そうでした」

秋月はちらっと小四郎を見た。小四郎は口を閉ざしている。

「その時、若田先生と熊谷殿の間に何か不穏なものを感じなかったか」

平九郎が問いかけると、
秋月は首を捻った。

しばし思案の後、

「特にはなかったですな」

と、断じた。

すると小四郎が秋月に向かって、

「どんな些細《ささい》なことでもいいから、思い出してください」

哀願するような口調で頼んだ。

熊谷が小兵衛を斬ったわけの一端でもわかれば、仇討ちへの決意が固くなる、と思っているようだ。

秋月は小四郎の気持ちを察したようで、これは参考にならないが、と断ってからその日の印象を語った。

「熊谷殿はむしろ先生をいたわっておられました」

「いたわるとは」

小四郎が首を傾《かし》げる。

「先生もさすがにお歳を重ねられ、道場に欠かさず稽古に出られるのはお辛いのではないか、と熊谷殿は察しられたようで、師範代である自分に任せて欲しいと気遣われたのです。それはもう、誠実な物言いであられました」

しっかりと記憶を辿《たど》りながら秋月は話した。

それを引き取り、

「小四郎殿、先生は稽古を休まれなかったのですな。それは、無理をしておられたのですか」

平九郎が問いかけた。

「確かに父はここ半年、そう江戸に来てから稽古場以外では疲れを感じるようでした。ですが、門人方やわたしの前では気丈《きじょう》に振舞っておりました。少なくともわたしの目には剣において衰えは見られませんでした」

小四郎は答えてから、未熟者の自分の目は当てになりませんが、と自虐《じぎゃくてき》的な言葉を添えた。

平九郎は秋月に、

「先生は熊谷殿のいたわりに腹を立てるような様子だったのでは……」

「不快には思われたでしょうが、怒るまではいっておらなかったと思います」

秋月は答えた。

「子弟の信頼関係に揺らぎはなかったということか」

平九郎は思案をした。

「それがしには普段通りに見受けられました」

思案の末、秋月は結論付けた。

「当日は他にどなたが稽古をなさっておられたのかな」

平九郎は問いかけた。

「最後まで残っていたのは拙者と数人でしたな」

横手藩大内家以外の門人たちであった。旗本、箕輪《みのわ》幸吉郎《こうきちろう》と服部《はっとり》与三次《よさんじ》、前川《まえかわ》伝兵衛《でんべえ》の三人である。彼らは若田小兵衛の武名を聞き、稽古に通っていたのである。

彼らもまたいずれも一角《ひとかど》の剣客である。箕輪は新番方《しんばんかた》の頭《かしら》、服部と前川は同じく新番方の組頭であった。新番方とは書院番《しょいんばん》、小姓組《こしょうぐみ》、大番、小十人組と共に将軍直属の常備軍、いわゆる五番方《ごばんかた》の一つである。戦時にあっては本陣にあって将軍に近侍《きんじ》する。平時にあっては、将軍の外出に際して警護役を担った。役目柄、誇り高く武芸自慢の者が多い。

箕輪や服部、前川も新番方として武芸鍛錬には殊《こと》の外《ほか》熱心だそうだ。彼らは小兵衛の通夜にも参列し、悔《くや》みの言葉を述べ、非業の死を遂《と》げた若田小兵衛を悼んだ。しかし、熊谷については言及しなかったそうだ。小兵衛殺しに関し、熊谷は限りなく怪しいのだが行方知れずとあって下手人と決まったわけではないため、迂闊《うかつ》な言葉は発しなかったのだろう。

「ともかく、熊谷殿を見つけることが先決だな」

平九郎はこの無難な考えを繰り返し言った。

秋月もうなずく。

小四郎も気持ちを切り替えるように目を凝《こ》らした。

すると、佐川権十郎《さがわごんじゆうろう》の来訪が告げられた。

大内家に出入りする旗本である。各大名は幕府の様々な情報収集、幕府要人への繋ぎをつけるため、特定の旗本と懇意にしている。佐川は幕府先手組《さきてぐみ》に属し、明朗で口達者、幅広い交友関係を持っていた。

陽気で饒舌《じようぜつ》ゆえ、人気の噺家《はなしか》、三笑亭可楽《さんしようていからく》をもじり、「三笑亭気楽《きらく》」と呼ばれてもいる。佐川は折に触れ、藩邸に出入りして幕閣の人事や大名に請け負わせる手伝い普請、あるいは大名藩邸についての噂話などを伝えてくれる。

今日の佐川は絹の紫地に剣を振りかざした不動明王を金糸で描いた、役者と見まごう派手な着物を着流している。人を食ったような格好ながら、浅黒く日焼けした苦《にが》み走《ばし》った面構《つらがま》えと飄々《ひようひよう》とした所作が世慣れた様子と手練《てだれ》の武芸者を窺《うかが》わせもしていた。

「ごめんよ」

れっきとした直参旗本でありながら佐川は町人たちとの付き合いが豊富なため、砕けた江戸言葉を駆使《くし》する。それが派手な身形《みなり》と相まって不快感も不自然さも感じさせない。

平九郎と秋月は顔見知りとなっているが小四郎は初対面である。平九郎から佐川を紹介した。佐川も小四郎に挨拶をし、

「聞いたぜ。あんた、親父さんの仇討ちをするんだってな」

と、ずけずけとした物言いで語りかけた。小四郎は、「はい」と短く答えた。小四郎に代わって平九郎が若田小兵衛斬殺の経緯を手短に語った。

「それで、まずは熊谷格之進殿を探し当てねばならないのです。目下《もっか》、南北町奉行所の手を借りて探索をしております」

「……右腕とも頼んでおった師範代殿に斬られた、しかも背中とはな」

佐川は深い洞察をするかのように腕を組んだ。

小四郎は黙っている。まだ、熊谷の仕業とは受け入れられないようだ。

「熊谷の実家は旗本だったそうだが……」

どちらの旗本だと佐川は平九郎に問いかけた。平九郎が答える前に小四郎が返答した。

「木村勘十郎《きむらかんじゅうろう》さまの三男にお生まれになった、とのことです」

「木村勘十郎……二年前まで新番頭を務めておられたな。家督を嫡男《ちゃくなん》の誠一郎《せいいちろう》殿に譲られ、悠々自適《ゆうゆうじてき》の隠居暮らしを送っておられたが二月《ふたつき》ほど前であったか急な病で亡くなられた。で、平《へい》さん、木村家には問い合わせをしたのかい」

佐川は平九郎に普段通り「平さん」と呼びかけた。

「はい、書面に事情をしたため、問い合わせました」

熊谷からは一切連絡がない、と木村誠一郎の名で返信があった。

「木村家を信用しないわけじゃないが、文《ふみ》で問い合わせてから日が経っていることだし、じかに当たってみるか」

任せな、と佐川が引き受けてくれた。

平九郎と小四郎は頼みます、と頭を下げた。

「新番方といやあ、近頃妙な盗人《ぬすっと》が出没しているんだ」

佐川が話題を振ると平九郎は首を捻ったが、小四郎は聞いたことがあると言い、

「渡《わた》りの耕太《こうた》一味ですね」

と、声を弾《はず》ませた。

小四郎の高揚《こうよう》ぶりを平九郎も佐川も訝《いぶか》しんだ。秋月もおやっという顔になり、

「馬鹿に楽しそうではないか」

「読売《よみうり》で読んだのです」

すみません、と小四郎は詫びた。

「謝ることはないよ。おれだって読売を買うし、屋敷に出入りしている貸本屋に面白そうな草双紙《くさぞうし》を持ってこさせるぜ」

佐川が返すと、

「わたしも草双紙は大好きです。佐川さま、どんな作品がお好きですか」

小四郎も問い返した。

「十返舎一九《じゅっぺんしゃいっく》の、『東海道中膝栗毛』かな。江戸に居ながらにして東海道を旅できるんだ」

「あれは面白いですよね。わたしも何度も読み返しました」

声を弾ませる小四郎を横目に平九郎は、佐川に渡りの耕太一味の説明を求めた。おっとそうだったな、と佐川は気を取り直し、

「旗本屋敷に奉公していた渡り中間《ちゅうげん》たちが徒党《ととう》を組んで自分たちが働いていた屋敷に盗みに入っているんだ。盗みに入られた旗本屋敷にすれば飼い犬に手を嚙まれたようなもんだぜ」

と、語った。

渡り中間とは定まった主人を持たないで奉公先を変える中間たちをいう。それだけに忠誠心とは無縁だろうが、世話になった屋敷に盗み入るとは性質《たち》が悪い。屋敷内の事情がわかっているため盗みに入りやすいのだろう。

「今のところ新番方に属する旗本屋敷が狙われているな。盗みに入られたことを表《おもて》沙汰《ざた》にしているのは三軒だが、体面《たいめん》を憚《はばか》って公儀に届け出をしていない屋敷もあるって見られているぜ。まあ、おれは新番方じゃないし、盗まれるような金もお宝も持っていないから、心配はしていないが、もし盗みに入って来たら一人残らずお縄にしてやるぜ」

佐川は立ち上がって鑓《やり》を振るう真似をした。平九郎は佐川が鑓の名手であることを知っている。

「佐川さま、渡りの耕太一味を成敗《せいばい》なさったら、読売で取り上げられ草双紙にもなりますよ」

小四郎は言った。よほど、草双紙が好きなようだ。佐川は満更《まんざら》でもない様子で腰を下ろし、

「佐川権十郎、渡りの耕太一味成敗記、か。悪くないな」

と、顎を掻いた。

次いで真顔になり、

「そうだった……渡りの耕太なんだがな、新番頭《がしら》だった木村勘十郎殿の屋敷に奉公していたこともあったはずだ」

「では、木村家も盗みに入られたのですか」

平九郎が問いかけた。

「いや、木村家から届け出はないな。おそらく、盗みには入られていないと思うぞ。木村勘十郎殿も誠一郎殿も武芸達者で知られているからな。家来衆も腕の立つ者が揃っている。その辺の事情は耕太も知っているだろうから、危ない目に遭うことを承知で盗みには入らないだろう」

顎を掻き掻き、佐川は答えた。

「佐川さん、木村家にわたしも同道させてください」

平九郎が頼むと、

「そうくると思ったぜ」

佐川は了承してくれた。

すると、平九郎への来客が告げられた。

新番方組頭木村誠一郎が訪れたという。

「噂をすれば影か……平さん、行く手間が省《はぶ》けたな」

佐川は同席しようか、と気遣ってくれたが、

「いえ、わたしだけでお会いします。わざわざ、出向いてくださったのですから」

平九郎は木村が待つ客間へ向かった。

三

木村は新番方組頭らしい折り目正しさで挨拶をしてきた。羽織袴に身を包んだ身体はがっしりとしており、面長の顔は武士の品格を漂わせている。いずれ、組頭から父勘十郎同様に番頭へと昇進するのだろう。

平九郎も居住まいを正し挨拶を返す。

「弟が不祥事《ふしょうじ》を起こしたこと陳謝《ちんしゃ》申し上げる」

両手を膝に置き、木村は首を垂れた。平九郎は面《おもて》を上げるよう頼み、

「熊谷格之進殿の仕業と決まったわけではありませぬ」

と、慎重な物言いをした。

木村は小さく首を左右に振って返した。

「お気遣いは御無用でござる。文を読んだ限り、格之進の仕業に相違なし……師匠を斬るとは木村家の恥、亡き父も草葉《くさば》の陰で怒りと悲しみにくれておりましょう」

木村宛の文には若田小兵衛が背中を斬られた、とまでは書いていない。それを知れば、木村は取り乱して弟を悪し様《あざま》に罵倒《ばとう》するかもしれない。熊谷の口から小兵衛殺害は自分の仕業だと聞いていない以上、闇討ちめいた所業には言及しない方がよい。

「兄の拙者が申すのもおこがましいが、格之進はまことに武芸熱心であったばかりか質素倹約《しっそけんやく》に努め、礼節を重んじる生真面目な男でした。それが、若田殿を殺害に及ぶとは……信じられぬ思いでござる」

兄らしく木村は熊谷への怒りよりも戸惑いと身の安否《あんぴ》が気になり出したようだ。

「目下、南北町奉行所に依頼し、熊谷殿の行方を追っております。木村殿におかれましては、熊谷殿から連絡がありましたら当家にお報せ頂きたいと存じます」

丁寧に平九郎は申し入れた。

木村は平九郎を見返して語った。

「本日参りましたのはそのことでござる。昨夜、格之進より文が届きました。今回の不始末に付、謝罪の言葉が書き記され、新番頭箕輪幸吉郎殿の屋敷に身を寄せておる、と添えられておりました」

「……箕輪殿の御屋敷に……箕輪殿は若田道場の門人でしたな」

熊谷の行方がわかり安堵《あんど》と同時に厄介《やっかい》なことになりそうだという予感がした。

「その上、格之進が木村家におった頃より懇意にしておった。若田先生の道場に通う、同じく新番方の服部与三次殿、前川伝兵衛殿とも親しくしておった」

今朝、木村は箕輪の屋敷を訪れ熊谷に会ってきたそうだ。

「格之進は若田先生を断ったと申しておったそうじゃ。拙者は格之進が大内家、江戸屋敷に出向くよう求めたが、箕輪殿は格之進を大内家に引き渡すつもりはない、と断りを入れられた」

熊谷が大内家の藩邸に出向かず箕輪を頼った理由は不明だ。箕輪は熊谷への義理立てから匿《かくま》ったのだろう。

箕輪が熊谷を渡さないとなれば大内家と箕輪家の間でいさかいが起きる。悪い方向に転がれば大名と旗本の争いにまで発展するかもしれない。

留守居役としては、なんとしても避けねばならない。

「よくぞお報せくださりました。当家から箕輪殿に掛け合います。本日にもわたしが出向きます」

平九郎が告げると、

「弟の不始末、兄として放ってはおけぬ。椿殿、拙者も同道致そう」

木村は申し出てくれた。

「ご親切、痛み入ります。ですが、今回の一件はあくまで家中で起きたこと。当家にて解決に当たりたく存じます。万が一、話がこじれるような事態となりましたら、ご助勢を賜《たまわ》るかもしれませぬ。その際はよろしくお願い申し上げます」

平九郎は頭を下げた。

「承知した。いつなりと、お報せくだされ」

木村は帰っていった。

四

奥座敷に戻った。

するといつの間にやって来たのか大殿こと盛清がいた。盛清は悠々自適の隠居暮らしをしている。暇に飽かせて趣味に没頭しているのだが、凝り性《こしょう》である反面、飽きっぽい。料理に凝ったと思うと釣りをやり、茶道、陶芸、骨董収集に奔《はし》るという具合だ。いずれもやたらと道具にこだわる。

その上、料理の場合は家臣や奉公人など大人数に振る舞い、釣りは幾艘《いくそう》もの船を仕立て大海原に漕ぎ出すばかりか大規模な釣り専用の池を造作したりした。特に骨董品収集に夢中になった時は老舗《しにせ》の骨董屋を出入りさせたばかりか、市井《しせい》の骨董市に出掛けて掘り出し物を物色し、道具屋を覗いたりもした。

そうして馬鹿にならない金を費やした挙句《あげく》、ガラクタ同然の贋物《にせもの》を摑まされことも珍しくはない。

従って、盛清の隠居暮らしには金がかかる。

このため、大内家の勘定方は、「大殿さま勝手掛《かってがかり》」という盛清が費やすであろう趣味に係る経費を予算として組んでいる。それでも、予算を超える費用がかかる年は珍しくはない。

そんな勘定方の苦労を他所《よそ》に、盛清は散財した挙句、ふとした気まぐれから耽溺《たんでき》した趣味をぱたりとやめる。興味をひく趣味が現れると、そちらに夢中になるのだ。

幸いにも、現在は耽溺する趣味はないようだ。それはそれで不気味である。嵐の前の静けさ、と言ったらよいか。

平九郎の杞憂《きゆう》を他所に盛清は焦げ茶色の小袖に袴、袖無羽織を重ね、商家の御隠居といった風で泰然自若としていた。還暦《かんれき》を過ぎた六十一歳、白髪混じりの髪だが肌艶《はだつや》はよく、目鼻立ちが整っており、若かりし頃の男前ぶりを窺わせる。

元は直参旗本村瀬家《むらせけ》の三男であった。昌平坂学問所《しょうへいざかがくもんじょ》で優秀な成績を残し、秀才ぶりを評価されて、あちらこちらの旗本、大名から養子の口がかかった末に出羽国羽後、横手藩大内家への養子入りが決まったそうだ。大内家当主となったのは、二十五歳の時で、以来、三十年以上藩政を担った。

若かりし頃は、財政の改革や領内で名産品の育成や新田開発などの活性化に熱心に取り組み、そのための強引な人事を行ったそうだが、隠居してからは好々爺然《こうこうやぜん》となり、藩政には口を挟むことなく、藩政に注いだ情熱を趣味に傾けているのだ。

平九郎は木村誠一郎の来訪及び熊谷が箕輪の屋敷に匿われていることを話した。

「すぐに箕輪屋敷に参り、熊谷を引き渡してもらえ。拒まれても連れ戻すのじゃ。熊谷が戻り次第、仇討ちじゃぞ」

盛清は小四郎を見た。小四郎は両手をついた。

「まあ、相国殿《しょうこくどの》、事を急《せ》いてはなりませぬぞ。箕輪殿は木村殿の引き渡し要求に応じなかったのです。無理強《じ》いしてもよき結果にはならぬと存ずる」

佐川が盛清を諫《いさ》めた。「相国殿」とは盛清の二つ名である。「盛清」をひっくり返すと、「清盛《きよもり》」すなわち平《たいらの》清盛が生前に、「相国入道殿」と尊称されていたことから佐川が名付けた。ちなみに、佐川のあだ名、「気楽」は盛清が名付け親である。

ついでに言えば、盛清は平九郎を、「清正《きよまさ》」と名付けた。元来、平九郎の名は、「義《よし》正《まさ》」であったのだが、昨年の正月に藩主盛義の野駆けのお供をした際、見世物小屋に運ばれる途中であった虎が逃げ出して盛義一行を襲った。平九郎は虎から盛義を守った。この功により、平九郎は馬廻り衆から留守居役に抜擢され、留守居役としても抜群の働きをしたため、盛清から、「清」を与えられ、「清正」を名乗るようになったのである。「清正」は己が名と虎退治で有名な戦国の勇将、加藤《かとう》清正に因《ちな》んでいる。

「急《せ》くも何もない。当然ではないか」

盛清は佐川に反発した。

佐川は宥《なだ》めるように首を左右に振ってから反論を加えた。

「ここは思案のしどころですぞ。打つ手を間違えると、とんだ大事《おおごと》になる」

「それはわかりきっておるわ。ならば、いかにするのだ。申せ」

盛清は苦々《にがにが》しく顔を歪めた。

「大殿、佐川さまとてすぐに妙案《みようあん》は浮かびませぬ」

平九郎が佐川を庇うと、

「口から出まかせにもっともな知恵を捻り出すのが気楽ではないか。おまえ、その得意の口先で箕輪幸吉郎を丸め込め」

いかにも安易そうに盛清は言った。

佐川はうなずくと、

「熊谷を匿うのは箕輪だけの魂胆《こんたん》ではあるまい。服部と前川も同心していると見るべきだ。三人は仲が良いって評判だからな。年齢と家柄、家禄、身分からして三千石、新番頭の箕輪幸吉郎が首領格だがな」

と、三人について説明をした。

箕輪は新番頭、服部与三次と前川伝兵衛はどちらも二千石の新番組頭であった。新番方を担っているとあって、三人とも気位が高い。直参旗本の誇りにかけて、というのが三人の口癖であるのだとか。

「癖のありそうな方々ですね」

平九郎が言うと、

「まあ、そうだな……」

佐川も苦手《にがて》そうである。

「なるほど、厄介《やっかい》な連中ということか」

盛清もわかってきたようだ。

「こちらとしては、あくまで正々堂々と掛け合いたいところです」

平九郎の言葉を受け、

「案ずるより産むがやすし、ということもある。ともかく、行って来る。まあ、任せな」

佐川は胸を叩いた。

「わたしも、一緒に」

平九郎も意気込む。

「ま、いいだろう」

佐川は受け入れた。

五

明くる二十一日の昼下がり、平九郎は佐川と共に番町《ばんちょう》にある箕輪幸吉郎の屋敷にやって来た。肌寒い風が吹きすさぶが抜けるような青空が広がり、日輪が降り注いでいる。宙を舞う鳶《とび》が気持ちよさそうだ。

今日も佐川は派手な小袖の着流し姿だ。御殿の前には枝ぶりのいい赤松が植えられ、裏手には回遊式の庭が広がっている。将軍直属の新番を預かる者の威厳を漂わせていた。手入れの行き届いた庭を横切る。案内人が箕輪は道場にいると伝えてきた。

武芸熱心な箕輪は日々、武芸の稽古を怠らないようだ。御殿裏手に平屋建ての細長い道場が構えられていた。

道場の前には白砂が敷かれ、旗本の子弟と思われる若侍たちが紺の道着に身を包み、木刀で素振りをしている。

その若侍たちに、

「もっと腰を入れろ」

と、叱咤《しった》している男がいた。

他に二人の男が若侍の間を回り、気に入らない稽古をする者たちの尻を木刀で叩いている。叱咤している男が箕輪幸吉郎、子弟たちの間を巡回している二人は服部と前川なのだろう。背の高い男と小太りの二人だ。どちらが服部か前川なのかは佐川もわからないそうだ。しばらくの間、平九郎は佐川と共に稽古を見ていた。

やがて、

「よし、しばし休め」

と、箕輪が子弟たちに声をかけた。

若侍たちは木刀を下ろし、箕輪に一礼をした。

箕輪がこちらに歩いて来た。

中背だが道着の上からも屈強《くっきょう》な身体だとわかる。浅黒く日焼けした顔は眼光鋭く、頬骨が張っていた。歳は四十前後といったところか。

「佐川殿か、しばらくでござるな」

箕輪は佐川に声をかけてから、ちらりと平九郎に視線を向けてきた。平九郎は大内家留守居役だと素性《すじょう》を明かし、折り目正しく挨拶をした。

礼を返した箕輪の目元が引き締まる。平九郎が大内家留守居役と知り、来訪目的が熊谷格之進引き渡しだと見当をつけたようだ。

「佐川殿、大内家に出入りをしておられるのか」

箕輪に問われ、

「大内家の大殿の話し相手ですな」

佐川はうなずいた。

「なるほど、佐川殿は口達者じゃ。大内家の大殿も退屈はなさらぬであろう。して、本日の用向きは熊谷師範代殿についてであるな」

ずばり箕輪は問いを重ねた。

「左様だ。なあ、箕輪さん、大内家にとってもあんた方にとっても事を荒立てるのはよくない。頼むよ、熊谷格之進の身柄を大内家に引き渡してくれ」

単刀直入に佐川は頼んだ。

箕輪は佐川を見返し、

「できぬな」

きっぱりと断った。

ひるむことなく佐川は続けた。

「おっと、そうくると思ったぜ。あんた、意地を張っているんだろう。寛永《かんえい》の頃の荒《あら》木又右衛門《きまたえもん》の騒ぎではないぞ。旗本の沽券《こけん》にかけて大名に屈しないって時代じゃないんだ」

荒木又右衛門の騒ぎとは、寛永十一年（一六三四）に伊賀国上野の鍵屋《かぎや》の辻で起きた仇討ちである。岡山藩主池田忠雄《いけだただお》の小姓渡辺源太夫《わたなべげんだゆう》を殺害した藩士河合又五郎《かわいまたごろう》を兄渡辺数馬《かずま》が討ち果たした。この時、剣豪として名を馳せていた荒木又右衛門が数馬の姉の夫という立場で助太刀をした。問題は決闘に至るまでの経緯だった。河合又五郎は旗本安藤次右衛門《あんどうじえもん》の屋敷にかくまわれ、安藤は池田家の引き渡し要求に応じなかったのだ。このため外様大名と旗本の面子《めんつ》をかけた争いに発展した。今回、寛永の騒ぎを繰り返してはならない。

「ところがじゃ、わしは争いになっても面白いと思っておる。武士は泰平に慣れ過ぎじゃ。侍にも骨のある者がおることを天下に示すのもよい。我ら新番方の誇りを示すに好機である。腰が引けてなるものか。羽後横手藩大内家十万石、相手にとって不足はない」

　頬を紅潮させ箕輪は語ると平九郎を見据えた。

「望むところだ、ならば刀にかけて」

と、内心で平九郎は返したが、頭に血が上っての発言は慎まなければならない。留守居役の役目は争うことではなく穏便《おんびん》に解決することだ。

　敢《あ》えて平九郎は口元に笑みを浮かべて返答した。

「わたしは争うために来たのではございませぬ。当家内で起きた刃傷沙汰で他家にご迷惑をかけてはならないと思っております。熊谷格之進は若田小四郎にとっては仇、仇討ち免状を与えたからには当家としまして小四郎に仇討ち本懐を遂げさせたいのです。そこのところをご斟酌《しんしゃく》くだされ」

　箕輪の返事を待たず、二人の侍がやって来た。背の高い方が服部与三次、小太りの方が前川伝兵衛だとわかった。

服部と前川にも平九郎は挨拶をした。大内家の家臣と知って二人は身構えた。

「我らの決意を椿殿に伝えたところだ」

箕輪が言うと服部と前川も大きく首肯《しゅこう》した。

三人に向かって佐川が語りかけた。

「いくら直参旗本の意地、武士の魂と申しても、大内家と事を構えるのはどうかと思うぞ。恩師殺しをした熊谷格之進に非があるのは明らかだしな。ここは、熊谷を大内家に引き渡すのが武士道の筋というものだろう」

「佐川殿、我らが頭に血が上っている、と思っておるのでしょうがな、それほど我らは単純ではない。我らは師範代殿を木村家におられた頃からよく存じ上げておる。同じ道場にて剣の研鑽《けんさん》を積んだ仲じゃ。若かりし頃より格之進殿は剣に置いて秀《ひい》でておられた。腕ばかりではない。人格高潔なお人柄、目下《めした》の者たちへの慈愛、面倒見の良さ……我らには兄のような存在であった。若田先生の江戸道場に通い始めたのも、若田先生には申し訳ないが、師範代殿を慕ってのことであった」

箕輪の言葉に服部と前川は力強く首肯した。

木村誠一郎が言ったように、箕輪たちにとって熊谷格之進は単なる剣術道場の師範代ではなかったということだ。平九郎は彼らが木村を庇う気持ちが理解できた。だからと言って熊谷引き渡しを求めないわけにはいかない。

「お三方《さんかた》にお尋ねします」

平九郎は断りを入れた。

箕輪がうなずく。

「熊谷殿が若田先生を斬ったこと、いかにお考えか」

平九郎は問いかけた。

三人は目元を引き締め、口を閉ざした。

「お三方にとっても若田小兵衛殿は剣の師であったはず。その師が斬られたのです。しかも、背中を斬られたのです。いわば、闇討ちに遭ったのですぞ」

落ち着け、と己を諌めながら平九郎は言い添えた。三人は顔を見合わせていたがやがて箕輪が答えた。

「我ら、先生を斬ったのは師範代とは思っておらぬ」

「なんですと」

思いもよらないことを箕輪たちは考えているようだ。本気なのか熊谷を庇っての言い訳なのかはわからない。

「おい、ちょっと、それじゃあ話が違ってくるってもんだぜ」

思わずと言ったように佐川が割り込んだ。

それを引き取って、

「どうして師範代の仕業ではないとお考えなのですか……熊谷殿はご自分の仕業ではない、と申しておられるのですか」

平九郎も問いを重ねた。

「師範代殿はご自分が斬った、と申しておられる。しかし、我らはそれを信じてはおらぬ。何故なら、貴殿が申されたように先生は背中をばっさりと斬られていたからだ。師範代殿が卑劣極まる闇討ちなど、仕掛けるはずはない。よって、熊谷格之進を下手人として追尾《ついび》する大内家に引き渡すわけにはまいらぬ」

箕輪は言った。

「ちょっと、待ってください。熊谷殿は自分の仕業だと認めておるのでしょう」

平九郎は異を唱えた。

「いかにも」

箕輪は認めた。

「だったら、四の五の言わねえで、熊谷さんを大内家に引き渡すっていうのが筋ってもんだぜ。そうじゃないかい」

佐川はここぞとばかりに主張した。

箕輪は顔を朱に染めて、

「師範代殿は真の下手人を庇っておられるのだ！」

と、口角泡《こうかくあわ》を飛ばさんばかりに言い立てた。

「庇う……誰を」

平九郎は首を捻った。

「若田小四郎殿であろう」

箕輪は薄笑いを浮かべた。

「そんな馬鹿な」

平九郎は一笑に伏した。

次いで、

「小四郎殿がお父上を斬った、と申されるか。こりゃ、草双紙もびっくりだぜ」

と、言い添えると佐川も、

「そりゃ、いくらなんでも無理筋《むりすじ》ってもんだぜ。小四郎は自分で父親を斬っておいて、仇討ちをしよう、なんてこたあ田舎芝居にも草双紙にもなりはしねえよ。あんた、ちっとは芝居を見物した方がいいぜ」

まるで取り合わないように笑い声を上げた。

しかし、箕輪も服部も前川も大真面目な顔つきである。

「いいから、熊谷殿に会わせてくれ。本人の口から聞くのが手っ取り早いってもんだ。なあ、平さん」

佐川は問いかけてきた。

「そうです。熊谷殿に会わせてください。いえ、今日は引き渡して頂かなくて結構です。話だけでもさせて頂きたい」

このままでは帰れないと平九郎は頼んだ。

箕輪たちは口をへの字にして答えない。

「なあ、箕輪さんよ、話くらい構わないだろう。このままじゃ、おれたちだって帰れないよ。今日はさ、おれの顔を立ててくれねえかな」

佐川は頼み込んだ。

「しかし……」

箕輪は躊躇っている。

「頼むぜ。なんなら、あんたらが、立ち合えばいいじゃないか。そうすれば、おれたちだって熊谷さんを連れ出すことなんかできやしねえだろう。なあ、そうしてくれよ。

大内家と事を構える、つまり、なんだ、あんたらの言う旗本の意地を見せるのはそれからでもいいだろう」

嚙んで含めるように佐川は説得に当たった。

「お願い致します」

平九郎も腰を折った。

「仕方ない」

箕輪は受け入れ、家臣に熊谷を呼びにやらせた。

熊谷を待つ間、佐川が渡りの耕太一味について話題にした。

「お三方の屋敷は耕太一味に盗みに入られなかったのかい」

佐川の問いかけを箕輪も服部、前川も否定し、

「我らの屋敷に盗み入っていたなら、飛んで火に入る夏の虫、今頃は小塚原《こづかっぱら》か鈴ケ《すずが》森《もり》で獄門首《ごくもんくび》となっておる」

箕輪が言うと服部と前川もそうだと賛同し、

「わが屋敷を襲おうものなら、獄門にするまでもなく、刀の錆《さび》にしてくれようぞ」

と、前川は小太りの身体を武者震いさせた。

「耕太一味、どうして新番方に属する旗本の屋敷ばかり狙うのかな」

佐川が疑問を投げかけると、

「そんなことは知らぬ。耕太に訊くことだな」

前川は鼻で笑った。


やがて、熊谷格之進がやって来た。

羽織、袴に身を包み、身だしなみに隙はない。顔つきもきりりと引き締まっていた。

熊谷は平九郎を見て、

「椿殿ですな」

と、言ってから派手な小袖姿の佐川に訝しそうに視線を向けた。平九郎が佐川を紹介した。

「このたびは御家に迷惑をかけ、申し訳ござらん」

熊谷は礼儀正しい態度で詫びを入れた。

「いや、それより、若田先生を斬ったのは、熊谷殿ですか」

務めて冷静に平九郎は確かめた。

「それがしでござる」

熊谷は静かに認めた。

箕輪たちは無表情である。

「何故ですか」

平九郎は問いを重ねる。

「武士の情け、語ることは遠慮したい」

熊谷は静かに返した。

「それでは、わからねえよ。あんたさ、若田さんの師範代を務めていたんだろう。わけもなく斬るってことはあり得ないんだ。若田さんの信頼厚かったんだろう。右腕だったって聞いたぜ。そんなあんたが若田さん斬ったんだ。そりゃ深いわけがあったはずだ。武士の情けでは済まされないぜ」

佐川は捲《まく》し立てた。

「勘弁《かんべん》くだされ……」

熊谷は頭を下げた。

「勘弁って……あんたも大内家中だったんだぜ。何も言わないってことは許されないって、おれが大内家中だったら許さねえな。大内家中の者たちだってみな同じ思いだ。そして誰よりも小四郎さんが訳を知りたがっているんだ。いや、小四郎さんはあんたが若田さんを斬ったことすら半信半疑なんだ。明らかにするのが務めってもんじゃないのかい。あんたが語りたくないのは若田さんを思ってのことかもしれない。師を闇討ちにした卑劣漢《ひれつかん》の汚名を着てまで語りたくない真実なんだろう。でもな、そこを曲げて語ってくれないか。もちろん、他言はしない。それは武士の面目《めんぼく》にかけて誓うよ」

滑《なめ》らかな口調で佐川は熊谷の誠意に訴えかけた。

「熊谷殿……どうか」

平九郎は頭を下げた。

「何か話してくれねえかなあ。師と道場の運営で意見が合わなくなったとか、剣に対する考えの違いが生じた、とか。何かあるはずだ。なあ」

我慢できないようで佐川は更に頼み込んだ。

二人の説得に折れまいとしてか、熊谷は口をへの字にした。

「庇っている……どなたかを庇っておるのではないのですか」

平九郎はちらっと箕輪を見た。箕輪は表情を変えない。

「正直に答えてくだされ」

つい声を大きくして平九郎は懇願《こんがん》した。

「誰も庇ってはおらぬ。先生を斬ったのは拙者です」

この主張を熊谷は繰り返す。

苛立《いらだ》ちが募ったのか佐川は顔をしかめた。

「ならば、問いかけを変えましょう。何故、背中を斬ったのですか。何故、闇討ち同然のやり方で若田部先生を斬ったのですか」

平九郎は問いかけた。

「それは……それがしの卑劣極《きわ》まるところでござる」

熊谷は唇を噛んだ。

佐川が、

「おいおい、あんたさ、師範代の腕前なんだ。おれは、若田小兵衛ってお人の剣は見ていねえが、相当なもんだって評判は耳にしているぜ。実戦に重きを置く剣術なんだってな。でもな、さすがに若田さんだって寄る年波だ。それに比べて、あんたは剣客《けんかく》として充実した域に達しているんじゃねえのかい」

佐川は箕輪たちを見回した。

「なあ、そうなんだろう」

次いで、同意を求めた。

「それはもう師範代殿は先生よりも腕が上回ったと思う」

服部が答えると、

「そうだ、間違いない」

前川も賛同した。

「それは買い被りですぞ」

苦笑を漏らして熊谷は否定した。

「買い被りだってよ、どうなんだい」

佐川が前川と服部に確かめた。

「買い被りなもんか」

前川が強く反発した。小太りの身体が揺れた。

続いて服部も、

「わしは、今だから申すのではない。わしはこの目で見たのだ」

長身を屈め、鬼気迫った顔で話し始めた。

それによると、服部は掃除を終え、道場を後にしようとした。

「掃除……」

佐川が疑問を投げかけた。

話の腰を折られムッとして口をつぐんだ服部に代わって箕輪が解説を加えた。

若田道場では、稽古が終わると門人たちが道場を掃除する。道場の隅から隅まで、若田小兵衛を除く、そう、師範代の熊谷格之進も率先して掃除に当たった。板張りを磨き立て、板壁には廿木を掛ける。門人たちは稽古同様の真摯《しんし》な態度で手を抜くことなく掃除を行った。

若田道場は塵《ちり》一つ落ちていないような稽古場であった。

「若田先生は穢《けが》れがあってはよき稽古はできぬ、と申しておられ、そのことは我らも同じ思いであった」

箕輪が説明を終えた。

服部と前川も異存なくうなずく。

「その日も掃除を終え、我らは道場を後にしたのです」

道場を出たところで服部は忘れ物に気づいた。持ち歩いていたお守りだそうだ。服部は慌てて道場に引き返した。

無人であろうと思った道場に、若田と熊谷が残っていた。

武者窓の格子の隙間から服部はそれを見たが、声をかけるのが憚られた。それほど、緊張した雰囲気が漂っていたのだ。

「声をかけられませんでした」

服部は固唾《かたず》を呑んだそうだ。

熊谷は若田に意見をしていた。

「どんなことだい」

すかさず佐川が確かめる。

「それは……」

服部は言うのを躊躇った。

「構わないですぞ」

熊谷が許した。

「では」

と、服部は断ってから語った。

熊谷は小兵衛に隠居することを進言した。

本来の若田小兵衛の剣ができなくなっている、と熊谷は意見をした。

若田は返事をせず、むっつりと黙り込んでしまった。

そして、やおら木刀を手に熊谷との手合わせを望んだ。隠居などするものか、ということを己が剣の技量によって示そうとしたのだ。熊谷も受けて立った。

「それは凄まじい立会いであった。木刀であったが真剣勝負の如《ごと》き殺気に漲《みなぎ》っておった」

　武者窓の格子にしがみついたまま服部は動けなかったそうだ。

「決着はつかなかった。両者互角であった。よって、師範代殿……格之進殿が闇討ちなどという卑劣なる手を選ばずとも、先生を斬る気なら正々堂々と真剣勝負を挑《いど》まれたはず」

　服部は敬愛の念を込め、熊谷を格之進殿と呼んだ。箕輪と前川がわかったか、というような目を向けてきた。

「話は済んだ。お引き取りくだされ」

　箕輪が乾いた口調で告げた。

　平九郎は逆らうように両目を大きく見開いた。雪のように白い頬が朱に染まり、への字に引き結んだ真紅の唇が感情の昂《たかぶ》りを抑えるように蠢《うごめ》いた。それを無視し、箕輪は熊谷を誘ってその場を去ろうとした。

　すると熊谷が平九郎に向かって歩み寄った。箕輪たちがおやっとした表情を浮かべる中、

「仇討ち、立会いましょう。小四郎殿に伝えてくだされ。日時と場所をご連絡くださ い、と」

意外にも熊谷は仇討ちを受け入れた。

「格之進殿、それはなりませぬ」

慌てて箕輪が制した。

熊谷は柔らかな笑みを浮かべて箕輪、服部、前川に視線を向けて言った。

「このままでは、寛永の頃の岡山藩池田家と旗本安藤家の争いの二の舞となる。それは、避けねばならぬ」

対して箕輪は首を左右に振り、

「我ら臆《おく》するものではござらぬ。横手藩大内家十万石が相手であろうと、一歩も引きませぬぞ。格之進殿を御守り致す」

と、高らかに宣言すると服部と前川も眦《まなじり》を決した。熊谷は笑みをたたえたまま返した。

「貴殿らの気持ちはありがたい。じゃがな、寛永の頃は戦国の気風が残っておった。しかし、今は天下泰平である。大名家と旗本家が争う世ではない。それにな、小四郎殿を返り討ちにすればよいではないか。さすれば、この一件は落着《らくちゃく》だ」

熊谷に諭《さと》され箕輪たちは顔を見合わせた。三人の顔が柔らかになった。三人を代表して箕輪が言った。

「おっしゃる通りですな。格之進殿が小四郎殿を返り討ちにすればよいのだ。万が一にも格之進殿が討たれることはない。そうじゃ、返り討ちにすればよい」

服部と前川も熊谷の勝利を確信しているようで余裕の笑みとなった。

六

「ともかく、これで落着ってことになったんじゃないか」

佐川の見通しに、

「そうですね」

平九郎も賛成したが、なんだか浮かない気持ちで一杯である。

それを察した佐川が、

「どうした、平さん」

と、問いかけてきた。

「いや、熊谷殿が若田小四郎殿の仇討ちを受け入れ、それで落着というのは、どうも心配です」

平九郎は杞憂を示した。

「平さんが心配するように、小四郎じゃあ、熊谷の返り討ちに遭うだけだな。だが、そうなったらそうなった時だ。それが仇討ちってもんだからな」

佐川は達観《たつかん》した。

その通りである。

仇討ちでは必ずしも仇を討つ側が本懐を遂げるとは限らない。真剣勝負である以上、討たれる場合は大いにあり得る。今回、小四郎と熊谷は剣を交えたとしても、まず、小四郎に勝ち目はない。

助太刀が必要だ。

「果たし合いの場には助太刀として箕輪、服部、前川の三人はやって来るだろう。こっちは、おれと平さん、それに秋月慶五郎あたりか……」

佐川の推測は的《まと》を射ている。

「そうなるでしょう。となりますと、結局、大内家と旗本との間での争いになってしまいますな」

平九郎には結局のところの解決になってはいないのである。

大内家上屋敷の奥書院で平九郎と佐川は討議を行った。小四郎が呼び出され、盛義の他に江戸家老兼留守居役の矢代清蔵、それに大殿こと盛清も同席した。

当然のように討議の場を盛清が主導した。

「そうか、よし、なんとしても仇討ち本懐を遂《と》げよ」

盛清は小四郎に命じた。

「はい」

悲壮な顔つきで小四郎は返事をした。熊谷格之進相手ではとても勝ち目はない、と悲観しているのだろう。

すると盛清は小四郎の心中を察し、

「心配致すな、清正も気楽も助太刀をする。それから馬廻りから一人……そうじゃ、秋月慶五郎がよい。秋月は相当なものだぞ。気楽は口達者だが、口先だけではなく兵法も中々のものじゃ。清正は虎を退治したほどの剛《ごう》の者じゃ。新番方の旗本相手に引けを取るどころか、恐るるに足らずじゃ。じゃが、そうは申しても、おまえも腕を磨かねばならんぞ。仇討ちの日まで研鑽を積むのじゃ」

微塵《みじん》の憂《うれ》いもなく盛清は小四郎に語りかけてから盛義に視線を向けた。

盛義は大きくうなずき、

「小四郎、憂いなく仇討ち本懐を遂げよ」

と、鷹揚《おうよう》な口ぶりで命じた。

「はい……」

それでも小四郎は浮かない顔である。

「おい、ぐだぐだと悩むな。仇討ち相手に巡り合ったのじゃ。ここで会ったが百年目、ではないか」

盛清は仇討ちの困難さを言い立てているのだ。

仇討ちの免状を貰い、仇を求めて旅に出る。しかし、そうそう相手に巡り合えるものではない。仇討ち本懐を遂げないことには藩への帰参は叶わない。

日本全国、僅《わず》かな手がかりでもあればましな方だ、宛てもなく旅から旅の毎日、何年もそんな暮らしを続けていれば、仇への憎悪の念も仇討ち本懐を遂げねばならない、という使命感も薄れてしまう。

旅に倦《う》み、路銀《ろぎん》も途絶えてしまい、野垂れ死にを免《まぬが》れようと日雇いの仕事をするうちに帰参への希望も失くしてしまい、生涯を終える者は珍しくはないのだ。

そんな仇討ちの実情を思えば、最初から仇の所在がわかっているのだから幸いだと言えなくもないだろう。

「返り討ちに遭ってはならんぞ」

盛清は念押しをした。

「はい」

弱々しく小四郎は返事をする。

「そんなことでどうする」

盛清は叱責《しっせき》を加えた。

小四郎は必ず仇討ち本懐を遂げます、と言って去った。

小四郎がいなくなってから盛清は表情を引き締めた。

「さて、事を荒立ててはまずいぞ」

さすがに盛清は現実の政《まつりごと》に心血を注いでいる。

「旗本どもと当家の争い、という様相を見せてはならん。あくまで仇討ちとして落着させねばな」

盛清は断じた。

「その点ですが、どうしても気がかりなことがあります」

平九郎は言った。

「なんじゃ」

盛清は問い直す。

「熊谷殿は何故若田先生を闇討ち同然の卑怯なやり方で斬ったのでしょうか」

平九郎が疑問を持ち出すと、

「熊谷はなんと申しておるのじゃ」

盛清も興味を引かれたようだ。

「それが、武士の情けだとお答えにはならないのです」

平九郎が言うと、

「答たくないということは、やましいのだろう」

盛清らしいあっさりとした答えであった。

「そうでしょうか。わたしにはそんな風には思えません」

平九郎は異を唱えた。

「答がわかってもわからなくても、小四郎が熊谷を討つことに変わりはない。そうであろう」

盛清は佐川に同意を求めた。

「そりゃ、そうだ。相国殿の申される通りだが、要するに平さんも小四郎も魚の骨が咽喉《のど》に引っかかったような心持ちがしているんじゃないか。それじゃあ、いま一つ、身が入らないとしたって無理はねえやな」

平九郎の気持ちを佐川は代弁してくれた。

「そうなのか」

盛清が確認する。

「その通りです」

平九郎は認めた。

「なるほどのう……」

盛清も理解を示した。

「そんなことを言っていたら、おれも気になってきやがったぜ」

佐川は肩をそびやかした。

「気になりますと、どうにも抜け出せないどろ沼に嵌《はま》ってしまいました。わたしのいけない癖なのかもしれませんが」

平九郎はぺこりと頭を下げた。

「性質《たち》の悪い癖じゃのう」

平九郎を批難しながらも盛清も気になって仕方がなくなったようだ。

「なんとか、探り出せないかと、思います」

平九郎は言った。

「探るのはよいが、小四郎を鍛えることも怠《おこた》ってはならぬぞ」

釘を刺すことも盛清は忘れない。

霜月《しもつき》一日、仇討ちの日となった。

仇討ちは若田道場近くの野原で行われることになった。

払暁《ふつぎょう》、身を切るような風が吹きすさび、枯れ薄《すすき》を揺らしている。白々空けの空は乳白色に染まり、地平の彼方《かなた》はほんのりと茜《あかね》が彩《いろど》っている。剝き出しとなった地べたには霜が下りて凍土《とうど》と化している。踏みしめると、きゅっと鳴った。

若田小四郎は白装束《しろしょうぞく》に身を包み、腰には父小兵衛の大小を差していた。平九郎と佐川権十郎、秋月慶五郎が助太刀に加わっている。平九郎と秋月は紺地無紋の小袖に裁着《たっつ》け袴《ばかま》、襷掛《たすきが》けを施し、羽織は重ねていない。さすがに佐川も普段の派手な小袖の着流し姿ではなく、平九郎や秋月同様に地味な紺地の小袖に裁着け袴だ。ただ、腰に大小を差していることに加え右手には十文字鑓《じゅうもんじやり》を持っていた。いつもの装いとの落差が激しく神妙な顔つきと相まってまるで別人である。

朝五つ（八時）の時の鐘と共に人影が近づいてきた。朝靄《あさもや》に薄っすらと浮かぶ人影は四人だ。熊谷格之進の他、箕輪幸吉郎、服部与三次、前川伝兵衛である。四人とも紺の道着を身に着けていた。その中にあって小太りの前川のみが目立っている。

四人対四人、数の上では互角《ごかく》である。

しかし、剣の腕となると明らかにこちらの分《ぶ》が悪い。肝心の小四郎と熊谷では赤子と大人ほどの差があるのだ。

盛清の命《めい》により、平九郎も小四郎に稽古指南をした。小四郎も必死の思いで稽古に励んだ。しかし、数日の間、どんなに稽古しても達人になるわけではない。

勝負が始まれば小四郎を除く平九郎たち三人が敵の四人と剣を交えることになる。敵を圧倒し、熊谷を追いつめ、最後の一太刀、つまり止《とど》めを小四郎に刺させるしかない。

だが、敵も必死で熊谷を守ろうとするだろう。そもそも熊谷自身が四人の中では最高の遣い手……いや、ひょっとしたらこちら側も含めて一番の剣客であるかもしれないのだ。

「平さんよ、おれと秋月で熊谷以外の三人を相手にする。平さんは小四郎を従えて熊谷に狙いを絞ってくれ」

佐川の考えを受け入れた。

平九郎が首肯すると小四郎は眦を決した。

熊谷が一歩前に出て、箕輪たち三人は後方に控えた。

「小四郎殿」

平九郎は小四郎を促した。

小四郎も一歩前に進み仇討ちの口上《こうじょう》を述べ立てようとした。

が、

「ち、ち、ち、父の仇、く……く、熊谷……か、かく……」

緊張と凍えるような寒さのためか、舌がもつれて言葉にならない。白い息が流れ消えてゆく。

「小四郎殿、びびっておられるか。く、く、熊谷殿はここにおられるぞ」

前川がからかいの言葉を投げた。それを熊谷が厳しい視線で制した。前川は口を閉ざした。

ごくりと唾を呑み込み、小四郎は再び口を開いた。

「父の仇、熊谷格之進、若田小兵衛の一子《いっし》、小四郎、討ち果たしてくれる。いざ、尋《じん》常《じょう》に勝負！」

対して熊谷も、

「承知した。熊谷格之進、逃げも隠れもせぬ。勝負ぞ」

と、大刀を抜いた。

小四郎も抜刀するやいなや、

「直参旗本佐川権十郎、助太刀致す！」

佐川は右手で鐺を振り回し、箕輪たちに駆け寄った。

「大内家中、秋月慶五郎、同じく助太刀致す」

秋月も熊谷の脇をすり抜け、前川に斬り込んだ。機先《きせん》を制せられ、一瞬身構えたもの の、それも束の間のこと、箕輪たちも応戦に出た。

平九郎は小四郎を背後に庇い熊谷と対峙《たいじ》した。

「大内家中、椿平九郎、助太刀致す」

と、抜刀する。

朝霧が晴れ、朝日が差し込んできた。

熊谷も静かに大刀を抜いた。

すると、どこに潜んでいたのか侍たちが現れた。みな、紺の道着姿、箕輪の屋敷で見かけた者たちだ。

「なんだ……ずいぶんと大勢の助太刀が加わるんだな」

呆れたように佐川が言った。

「助太刀に制限を設けてはおらぬぞ」

箕輪が轟然《ごうぜん》と言い放った。

佐川は鑓を振るい加勢に駆けつけた門人たちに向かった。

殺到する敵の顔面を鑓の柄で殴り、膝を払う。頬骨が砕け、鼻血を飛び散らせながら地べたをのたうつ者、足を払われてもんどり打って転倒する者が続出した。

秋月は箕輪と前川を相手に斬りかかっては退《しりぞ》き、を繰り返し二人の助勢を封じている。

門人たちは平九郎と小四郎にも迫ってきた。

平九郎は臆《おく》するどころか、笑みをたたえた。つきたての餅のような色白の肌が朝日に輝く。

敵は大刀を振りかざし、じりじりと平九郎に近づく。

すると、平九郎の前に蒼《あお》い靄のようなものがかかった。

再び朝霧が立ち込めたわけではない。靄は平九郎と敵しか包み込んでいないのだ。

やがて、川のせせらぎや野鳥の囀《さえず》りが聞こえてきた。冬ざれの枯れ野とは思えない温かみが感じられる。

平九郎は笑みを深めた。今にも山里を駆け回らんばかりに楽しげだ。

無邪気な子供のような平九郎に、敵の殺気が消えてゆく。

平九郎は大刀の切っ先をゆっくりと動かし始めた。吸い寄せられるように敵の視線が切っ先に集まる。

平九郎は切っ先で八文字を描いた。

敵の目には平九郎が朧《おぼろ》に霞んでいる。

「早く、斬れ!」

離れた所から箕輪が苛立《いらだ》ちの声を発すると、侍たちは我に返り、一斉に斬りかかってきた。

が、そこにいるはずの平九郎の姿がない。

啞然《あぜん》とする敵の背後で、

「横手神道流《しんとうりゅう》、必殺剣《ひっさつけん》朧月《おぼろづき》!」

平九郎は大音声《だいおんじょう》を発するや、振り向いた四人の首筋や眉間《みけん》に峰討ちを浴びせた。

侍たちは次々と倒れ伏した。

小四郎は何が起きたのか理解できず、茫然《ぼうぜん》と立ち尽くした。

「おのれ!」

前川が憤怒《ふんぬ》の形相《ぎょうそう》で太刀を振りかぶった。

平九郎は大刀を正眼に構える。

ここで熊谷が、

「小四郎殿、二人きりで勝負を致そう」

と、小四郎に呼びかけた。

次いで、箕輪たちに、

「助太刀無用じゃ！」

厳しい声で告げた。

佐川が鐺を水平に持ち、門人たちを押し留めた。箕輪と前川と白刃を交えていた秋月は動きを止める。箕輪と前川も納刀《のうとう》した。

一対一なら熊谷の勝利は間違いない、と判断したようだ。

小四郎を返り討ちにさせるわけにはいかない。平九郎は小四郎の傍らに寄り添い、助太刀をやめなかった。

が、

「椿殿、助太刀は御無用です」

と、小四郎が断った。

覚悟を決めたようで小四郎の顔は晴れやかだ。死を覚悟した武士の意思を踏みにじるわけにはいかない。

「ご武運を祈願申し上げる」

平九郎は小四郎に一礼した。

小四郎も礼を返し、

「父の仇、熊谷格之進、尋常に勝負を致そうぞ」

と、凜《りん》とした声を放ち熊谷に歩み寄った。

熊谷は静かに大刀を八双に構えた。

敵も味方も黙って二人の勝負を見守る。ただ、佐川のみが二人の間に立った。

「直参旗本、先手組佐川権十郎、羽後大内家、若田小四郎と熊谷格之進の仇討ち勝負を見届ける」

と、鐺の石突《いしづき》で凍土を突き、立会人を買って出た。鐺の穂が朝日に煌《きら》めきを放った。

異論を唱える者はいない。

小四郎は大刀を正眼に構えた。

平九郎は小四郎にひたすら突きの稽古をさせた。剣術のいろはを教えたところで短期間に覚えられるものではない。真剣で素振りをさせ、刀への恐怖心を取り除き、最小限の動き、相手を仕留められる突きの稽古を徹底してやらせたのだ。

それでも、熊谷相手にどこまで通じるか。

たとえ、小四郎が熊谷の刃に倒れようと勝負の行方を見定めなければならない。

胸が高鳴り、額と首筋から汗が流れ出した。

「ええい！」

間合いを詰め、小四郎は突きを繰り出した。

熊谷は微動だにせず、小四郎の刃を払い退けた。勢い余った小四郎はつんのめった。

箕輪と前川が失笑を漏らした。

平九郎は熊谷が斬撃《ざんげき》を浴びせると危ぶんだが、熊谷は大地に根を張ったように動かない。小四郎は唇をへの字に引き結び、再び熊谷に立ち向かった。

刃の切っ先を突き出すが熊谷は刀すら使うことなく、身体を左右に動かして避ける。

肩口や首筋すれすれを平九郎の刃がかすめるのが熊谷の技量を物語っている。

熊谷が平静なのに対し小四郎はすっかり息が上がっている。肩が上下に揺れ、ぜいぜいと漏らした息が白く流れてゆく。

まるで子供の遊びに付き合うような熊谷に箕輪が決着をつけるよう声をかけた。

すると、

「ここらが潮時《しおどき》じゃな」

熊谷は穏やかに言うと、大刀を鞘に戻し地べたに正座をした。腰の大小を鞘ごと抜いて手前に置くと、

「小四郎殿、仇討ち本懐を遂げられよ」

と、静かに語りかけた。

「熊谷殿……」

小四郎は口を半開きにして熊谷を見つめた。箕輪と前川が熊谷に駆け寄ろうとした。すかさず佐川が鐺の穂を向け、来るなと制した。

「さあ、小四郎殿、突かれよ」

小四郎を見上げ、熊谷は自分の胸を指差した。そして、両目を瞑《つむ》る。その顔は冥途《めいど》への旅立を前にした清浄《せいじょう》さを湛《たた》えていた。

小四郎も納刀し、

「わたしは熊谷殿を討ちませぬ。勝負は佐川さまにお預け致します」

と、佐川に視線を移した。

第二章　評判の草双紙《くさぞうし》

一

「それでよいのだな」

佐川権十郎が若田小四郎に確認した。

「相違ござりません」

小四郎ははっきりと答えた。

熊谷は瞑目《めいもく》したまま正座をしていたが、小四郎の言葉を耳にすると静かに双眸《そうぼう》を見開いた。

「熊谷さん、小四郎はこう言っているんだ」

佐川が語りかけると熊谷は小四郎に一礼した。箕輪、服部、前川は異議を唱えなかった。おもむろに熊谷は立ち上がった。

「これから、どうするんだい。暮らしを立たせなきゃならないし、国許の身内も心配しているだろう」

佐川は熊谷を気遣った。

「卑怯者は世の片隅で粛々《しゆくしゆく》と暮らすばかりでござる。妻には離縁を申し渡しました。息子二人は武士として自分たちの力で母親を助け、熊谷の家を守ってゆくでしょう」

静かに熊谷は答えた。

すると、

「引き続き、我らをご指南くだされ」

感に堪えない箕輪の声音《こわね》に服部と前川も賛同し、熊谷に歩み寄った。

「いやいや、拙者は卑怯極まる恩師殺し、とても他人の指導などできる者ではござらん。関わらぬがよい」

いかにも熊谷は誠実に告げた。

「今は無理には求めませぬ。ですが、この後、気が変わることもありましょう。一つ、それを願って我らは熊谷殿を、いや、木村格之進殿をお待ち致します」

箕輪が言うと三人は一礼して、その場を立ち去った。

「では、小四郎殿、しっかりと先生の跡を御守りくだされ」

小四郎に深々と腰を折り、熊谷も歩き去った。

小四郎は熊谷の背中に一礼した。

次いで、

「佐川さま、椿殿、それに秋月殿、今回は大変にお世話になりました」

「礼を言われるほどじゃないぜ。おれは大した働きをしてないからな」

珍しく佐川が謙遜した。

平九郎も、

「役目を果たしたまでだ」

と、笑顔を返した。横で秋月も首を縦に振った。

「わたしは、これからどうすればよろしいのでしょうか」

小四郎は途方に暮れたように空を見上げた。晴れ渡っていた空にいつの間にか分厚い雲が垂れ込め、小四郎を圧伏《あっぷく》している。舞い上がる鳶の鳴き声さえも小四郎を嘲笑《ちょうしょう》しているようだ。

「しっかりと若田道場を盛り立てればいいのではないのか。なにも一人で悩むことはないのだ。平さんや秋月だって手伝ってくれる。他に門人になっていた大内家の者だって喜んで手助けするさ。なんなら、おれだって一肌脱ぐぜ」

明るい口調で佐川は励ましたが、

「みなさんの好意はありがたいですが、剣術道場の主などわたしにはできそうにありません。わたしには剣客としての自分など想像できないのです。道場主も大内家の兵法指南役も務まるはずがありません」

小四郎はうなだれた。

「そう、最初から諦めてどうするのだ。いいかい、あんたはな、熊谷格之進に勝ったんだぜ」

佐川の言葉に小四郎は失笑を漏らし、

「勝ったわけではありませんよ。熊谷殿は斬る気になったら、わたしのことなんか簡単に斬ることができたんです。言ってみれば、仇の情けで生かされたわたしです」

仇討ち本懐は熊谷の情けによる形ばかりのものであることを小四郎は自戒《じかい》した。熊谷との対決を終え、ほっと安堵したのはいいが落ち着いてみると仇討ちの現実が突き付けられ、罪悪感と己《おの》が未熟さに苛《さいな》まれたようだ。

平九郎はふさぎ込む小四郎を見るに忍びなくなり語りかけた。

「小四郎殿、どうしても道場の跡を継ぎたくないのなら、剣の道ではなくやりたいことを探せばよい。それとも、既《すで》にやりたい道があるのか」

「なくはないのですが……」

なんとも頼りないことを小四郎は答えた。

「まあ、しばらくはじっくりと考えてみるんだな」

佐川は平九郎を見た。

「そうだな。仇討ち本懐を遂げたばかりだ。若田先生が亡くなってから今日までじっくりと己が身について考える暇もなかっただろうからな」

平九郎は同情した。

小四郎はうなだれるばかりだ。

「焦《あせ》るなよ」

佐川も気遣って声をかけた。

「はい……」

小四郎は生返事《なまへんじ》だ。

「とにかく、仇討ち本懐を遂げたんだ。祝おう」

気分を変えようと平九郎は小四郎の肩を叩いた。

上屋敷に戻り、小四郎は平九郎と佐川同席のうえ盛清と盛義に報告をした。包み隠さず、熊谷の情けにより勝ちを拾ったこと、熊谷の命は奪わなかったことを言上した。

幸い盛清は大内家の体面は保ったと小四郎を認め、

「でかしたぞ。さすがは若田小兵衛の倅じゃ。血は争えぬのう」

と、称賛した。

小四郎は礼を述べながらも大殿と殿の面前《めんぜん》という緊張と熊谷の情けにすがった仇討ち本懐という引け目から表情は曇ったままである。

「なんじゃ、陰気な顔をしおって」

盛清は嫌な顔をした。小四郎は詫びながらも適切な言葉が浮かばないようだ。それでも、返答しないのは無礼と思ったようで顔を強張《こわば》らせながら語り始めた。

「大殿、わたしは仇を討ったと申しましても、熊谷さんのお情けにすがったというのが実情なのです」

すかさず佐川が、

「そうは言ってもな、熊谷だって討たれる覚悟だったのをおまえさんの情けで命拾いをしたんだぜ」

と、言葉を添えた。

「あれでよかったのでしょうか」

小四郎は思い悩んでいるようであった。

盛清が不満そうに顔をしかめ、

「仇討ち本懐を成し遂げた者の言葉ではないぞ。清正、なんとかしてやれ」

と、平九郎に声をかける。

平九郎は笑顔となって、

「まだ、自分が成し遂げた快挙《かいきょ》を実感できないのでしょう」

「そうであろうな」

盛義が言葉を発した。

小四郎はうつむき加減となって口をもごもごさせるばかりだ。

盛清は渋い顔つきのまま、

「ぱっと、飲んでこい」

と、金を渡してくれた。

「かたじけない」

佐川が破顔《はがん》した。

「気楽、おまえにやるわけではないぞ」

「相国殿、おれだって助太刀をしたのでござる」

佐川らしく物怖《ものお》じせずに言った。

「ま、いいだろう」

盛清は認めた。すっかり機嫌が良くなり、

「おおそうじゃ、今回の仇討ちをな、わしは草双紙にでもしようかのう」

と、盛義を見た。

「父上、戯作者《げさくしゃ》まがいは座興《ざきょう》になさった方が良いのではござりませぬか」

盛義は危ぶんだ。

このところ盛清は草双紙に夢中であるらしい。どうりで目立った趣味の噂を聞かないはずだ。草双紙なら書斎に籠もって、大した費用を投ずることなく行えるのだ。勘定方もさぞやほっとしているだろう。今年は、「大殿さま御勝手掛」は赤字にならずにすむのではないか。

いや、油断はできない。

これまで同様、程なくして飽きてしまい高額を要する趣味に目移りするかもしれないのである。それはともかく、読むだけではなく自分でも書きたくなった盛清は向《むこう》島《じま》の下屋敷の書斎に閉じ籠もって筆を走らせている、と盛義は話した。しかし、思うように筆が進まず、書き損《そん》じの紙で書斎は埋まっているそうだ。こうなってはそろそろ、盛清が戯作者としての道を断念してくれる、と盛義も重臣たちも安堵していた矢先のようだ。

筆を折りそうになった盛清だが、今回の仇討ちで創作意欲がかき立てられたようだ。

「心配するな。ちゃんと筆名《ひつめい》を用いる。大内家には迷惑をかけぬ」

盛清は上機嫌だ。

さすがに盛義は、「よかろう」とは言わなかった。

二

夕刻、浅草《あさくさ》の料理茶屋花膳《はなぜん》にやって来た。

花膳は大名藩邸の留守居役たちが会合を持つ高級料理屋だ。小判型の池の周囲を季節の花々が彩る回遊式の庭園が広がり、石灯籠《いしどうろう》に灯りが灯っている。黄落《こうらく》した銀杏《いちょう》と紅葉《もみじ》の落ち葉が斑模様《まだらもよう》となり、鮮やかな緑の松と好対照で初冬の風情を醸《かも》し出していた。

花膳の娘、お鶴《つる》が挨拶に入って来た。雪見障子を備えた座敷で平九郎たちは祝宴を催した。

名は体《たい》を表す、の言葉通り、鶴のような細長い首に瓜実顔《うりざねがお》、白鶴の優雅さを漂わせている。酔っ払い武士にもたじろがない堂々とした態度と相まって高級料理茶屋の女将《おかみ》の貫録を示していた。実際、お鶴は娘といっても店の切り盛りを任せられている、事実上の女将であった。

お鶴がお祝いだと目の下一尺《いっしゃく》の大鯛を食膳に饗《きょう》してくれた。鯛の他にも御馳走がずらりと並んだ。松茸《まつたけ》の土瓶蒸《どびんむ》し、鯉の洗い、鮑蒸《あわびむ》し、それに赤飯だ。

「さあ、まずは一献《いっこん》だ」

平九郎は蒔絵銚子《まきえちょうし》を持ち上げた。小四郎は盃で受け、ごくりと飲み干した。うつむき加減の小四郎であったが、何はともあれ仇討ち本懐を遂げることができ、晴れやかな表情となった。

佐川もどんどん飲めと勧める。

お鶴もうれしそうに調子を合わせてくれた。

「うちも若田さまの仇討ちの話で持ち切りですよ。みなさま、気を昂らせて語られます」

各大名家の留守居役たちの話題も小四郎の仇討ち話で一色だと語るお鶴も興奮気味である。盛んにお鶴から持ち上げられる小四郎に、平九郎はつい嫉妬《しっと》してしまった。

佐川は割って入り、

「おいおい、おれもな、助太刀したのだぞ。群がる敵を寄せ付けず、小四郎が仇を討てるように奮闘《ふんとう》したのだ」

と、鐺を振るう真似をした。

すかさず小四郎が、

「佐川さまの助太刀のお蔭です。佐川さまばかりではありません。椿殿、秋月殿にも助太刀頂きました」

と、平九郎に頭を下げた。

「まあ、それはお疲れさまでございました」

お鶴は佐川と平九郎にお辞儀をした。次いで蒔絵銚子を持ち、佐川にお酌《しゃく》をする。

「椿さま、ほんと奥ゆかしいお方ですね。お自分からは助太刀のことなどお話しにならないのですもの」

くすりと笑ってお鶴は平九郎にも酌をした。胸がときめき、

「大したことはしていない」

と、平九郎は謙遜した。

「また、ご謙遜なさって」

お鶴が言うと、

「おれは自慢話が好きなんだ。お鶴、もっと聞かせてやろうか」

陽気に佐川は語りかけた。

「ちゃんちゃんばらばらのお話は苦手《にがて》でございます。これ以上はお邪魔でしょうから……」

お鶴は三つ指をついて座敷から出ていった。

お鶴の残り香が平九郎の鼻孔《びこう》を刺激した。

佐川は小四郎に向いた。

「さて、とにかく、くよくよと考えないようにします」

小四郎が言うと、

「その意気だ」

佐川は小四郎の肩を叩いた。

「なんだが、生きたくなってきました」

しみじみと小四郎は言った。

「おい、今まで死にたかったのか」

佐川がからかうように語りかけた。

「死にたいとは思いませんでしたが、これといって生に執着《しゅうちゃく》しない、というか、毎日がなんとなくだらだらと過ぎていっただけと言いますか……」

うまく言えない、と小四郎は言葉を止めた。

「要するに、生きる張《は》りがなかったってわけだろう」

佐川の指摘に、

「そういうことかもしれません」

小四郎はうなずいた。

「生きていれば儲《もう》けものってことだ。死んだら、それまでだぞ」

佐川は言葉を添えた。

「椿殿の生き甲斐《がい》はなんですか」

やおら、小四郎は問うてきた。

「そうだな……」

改めて問われてみると、平九郎にもよくわからない。

「……自分の役目に邁進《まいしん》することしかないな」

答えてから、無難過ぎる、つまらないと反省し、改めて毎日が無味乾燥《むみかんそう》なものに思えてきた。

「では、これから何をしましょうか」

小四郎はうれしそうに思案を始めた。

「まあ、焦らず、ゆっくりと考えるがいいやな」

酒が回ったのか佐川はこの言葉を繰り返した。

「趣味というか好きなことはないのか……ああ、そうだ。草双紙が好きと言っていたじゃないか」

平九郎に言われ、

「草双紙は大好きです」

恥ずかしそうに小四郎はうつむいてしまった。

「なにも恥ずかしがることないぞ。おれだって草双紙は好きだし、相国殿なんか好きが高じて自分でも書こうとなさっておられるじゃないか。ああ、そうだ。おまえさんも草双紙を書いてみたらどうだ」

佐川に勧められ、

「それが……草双紙を既に……」

小四郎は面を上げた。

「草双紙を既に……へ～え、おまえさんも草双紙を書いているのかい」

佐川は興味深そうに問うた。

「ええ、すみません」

小四郎は詫びた。

「なにも謝ることはねえやな」

佐川は平九郎を見た。

「そうだぞ。なにも恥ずかしがることはないのだ」

大殿には恥ずかしがってもらいたいが――平九郎は内心で呟いた。

「でも、中々巧《うま》く書けなくて……書き損じてばかりです」

小四郎は頭を掻いた。

佐川が右手をひらひらと振って、

「相国殿、つまり大内家の大殿さまは、広い書斎が書き損じの紙の山で、足の踏み場もないぞ。それでも懲《こ》りない……いや、そろそろ飽きてやめるってのが大内家中の見立てだったんだが、今回の仇討ち騒動でまたまたやる気になったようだ。おまえさんは仇討ちの当事者なんだ。体験を生かせば相国殿より、ずっと面白い草双紙が書けるんじゃないか」

と、助言を施《ほどこ》した。

「はあ……しかし、大殿が今回の仇討ち騒動をお書きになられるとなりますと、遠慮しなければなりません」

律儀《りちぎ》に小四郎は言った。

「なに、早い者勝ちだよ。おまえさんだって筆名を使うんだろう。相国殿に遠慮することはないさ」

「それでは不忠《ふちゅう》では……」

「御家の武家奉公じゃないんだ。忠義立てすることはないさ。それに、相国殿のことだ。遠からず飽きてしまうよ。なあ、平さん」

佐川の言葉に思わず平九郎もうなずいてしまった。

「確かに仇討ちの本人ですが、それだからといって面白い草双紙が書けるかどうか……」

未だ小四郎は迷っている。

「恥じも忠義もいらない。書けばいいんだ。できなくて元々だろう。精々《せいぜい》、紙代が損するだけじゃないか。道場をやらないのなら暇《ひま》を持て余す。暇だとろくなことは考えないぞ」

ここぞとばかりに佐川は強く勧めた。

「それはそうですね……わかりました」

小四郎は書きます、とようやく決意した。

三

それから一月《ひとつき》が過ぎた。

師走《しわす》の喧噪《けんそう》の中、読売は小四郎の仇討ち本懐を遂げた記事で一杯である。話に尾鰭《おひれ》がつくのは当然で、仇討ち騒動の話は大きくなっている。

仇である熊谷格之進は無双の勇者であるが恩師を裏切った不忠の男とされ、それに助勢する箕輪幸吉郎、服部与三次、前川伝兵衛ら旗本たちは偽名で語られているが、いずれも悪辣《あくらつ》なる者に描かれている。

挿絵も大名家の家臣、直参旗本たちだというのに顔中髭を生やした悪党面に描いてあった。

読売とは別に小四郎の錦絵《にしきえ》も売られるようになった。

熊谷や箕輪たちとは対照的に凜々《りり》しい若武者に描かれていた。更には草双紙も出回り始めた。

若田小四郎仇討ち回国記《かいこくき》と題され、父小兵衛から厳しい剣術指導を施された幼い日々が記された後、父の無念の死、仇である熊谷格之進を追い求めて全国を旅する物語だ。

旅の先々で盗賊や山賊退治、更には巨大なムカデや蜘蛛《くも》、鵺《ぬえ》、龍《りゅう》などの妖怪を退治する、という荒唐無稽《こうとうむけい》な物語が綴《つづ》られているのだった。

このような物語でも読者は喜んでいた。「若田小四郎仇討ち回国記」は貸本屋でも人気を博し、借りられない者が巷《ちまた》に溢れている。

作者である柳亭一角《りゅうていいっかく》は流行戯作者となったのである。

柳亭一角……。

小四郎の筆名であった。

大内家を辞し、小四郎は若田道場に居住して、ひたすら執筆に励んでいた。物置小屋を改修し、畳敷きの簡素な書斎にしている。

師走一日の昼、椿平九郎は小四郎を訪ねた。

「忙しそうだな」

平九郎は気遣った。

書斎は書き損じの紙が散らばり、小四郎の目は落ち窪んでいて、明らかに寝不足のようであった。文机《ふづくえ》や部屋のあちらこちらに書物が積んである。火鉢に据えられたやかんから湯気が立ち昇っていた。

「まあ、なんとかやっております」

疲れたような顔つきではあるが小四郎は自分が進むべき道を見つけたとあって、目には生気が漂っていた。

「大内家を辞したにもかかわらず、ご好意に甘えてここを仕事場とし、暮らしております。年が明けましたら引っ越しますので……」

小四郎は丁寧に頭を下げた。

「目下《もっか》のところ、使う予定はないので構わない。家賃を払ってくれていることだしな」

平九郎は微笑んだ。

「椿殿には仇討ちばかりか、御家を辞するにあたってもご尽力くださり、お蔭で円満に辞することができました。感謝の言葉もありません」

すっかり恐縮する小四郎に平九郎は土産の大福餅を示し、一休みしないかと誘った。

小四郎は破顔し、お茶を淹《い》れます、と腰を上げた。茶箪笥《ちゃだんす》から急須《きゅうす》を取り出し、お茶の葉を入れて湯呑《ゆのみ》と共に持って来た。やかんから急須にお湯を注ぎ、まずは平九郎のお茶を淹れた。

平九郎は湯呑を両手で包み込んだ。お茶の温もりが掌《てのひら》から伝わり、ほっと安堵した。大福餅を味わい、お茶を飲んだ後、

「よかったではないか。念願の草双紙を書くことができ、おまけに大した評判を取っておるのだ」

平九郎は語りかけた。

「それはよいのですが、どうも荒唐無稽に奔《はし》り過ぎではないかと少々気が咎《とが》めておるのです。ふざけ過ぎではないか、と」

「読む者も物語だと割りきっておるのではないか。いくらなんでも、若田小四郎が龍やムカデ、鵺を退治したなど、本気にはするまい。子供なら別だが」

平九郎の言葉に、

「それはそうですが、それでも、読み手の要望は際限がなく、次は鬼退治だとか狒々《ひひ》だ、平将門《たいらのまさかど》の怨霊だとか、それはもうだんだん物語が派手になるばかりで、これでは仇討ち回国記ではない、と思うのですが……版元はどんどん書け、と要求するばかりでして……戯作者となって草双紙を書くのは望んだことですが……」

痛し痒しだと小四郎は小さくため息を吐《つ》いた。

「わたしには草双紙のことはよくわからないし、戯作者の大変さも見当がつかないが、草双紙だと割りきったら、どうということはないのではないか。無責任な物言いですまぬが……」

平九郎は軽く頭を下げた。

「それもそうですが、これではいつになったら仇討ちの場面になるのか、作者のわたしにもわかりません」

小四郎は苦笑した。

「なるほど……だが、読み手もそうそう早く決着がついては楽しみがなくなるのではないか」

平九郎は無難に励ました。

そうですね、と小四郎は応じてから話題を変えた。

「それと、困ったことが生じています。版元《はんもと》の杵屋《きねや》半蔵《はんぞう》の所に箕輪殿らが押しかけているそうなのです」

箕輪幸吉郎、服部与三次、前川伝兵衛は自分たちが悪く書かれていることに腹を立て、抗議にやって来るのだとか。

「版元は柳亭一角が若田小四郎だと明かしたのか」

「今のところ、それは伏せてくれています。しかし、いずれわたしが柳亭一角だとわかれば、大内家との間で大きないさかいになります」

小四郎は心配そうに顔を歪めた。

「しかし、まだ仇討ちの場面には入っておらんのだろう。草双紙は素人《しろうと》のわたしが申すのもなんだが、ならば、仇討ちの場で箕輪たちの顔が立つように描いてやればよかろう」

という平九郎の助言に小四郎は礼を述べつつも首を左右に振って続けた。

「仇討ちまでにまだ随分と物語が続くのです。その間に箕輪殿らの不満は募《つの》ってしまいます。それに、今更悔いても仕方がないのですが、熊谷殿を悪玉《あくだま》に描いてしまいました。読売の記事に煽られたのです」

読売では小四郎を英雄に仕立てるため、仇の熊谷格之進がいかにも悪の権化《ごんげ》、侍にあるまじき非道な男に書いてあった。読売と草双紙の版元である杵屋半蔵は草双紙が受けるには、熊谷や熊谷を助太刀する箕輪たちを極悪人に仕立てなければならない、と強く注文をつけたのだった。

「わたしも、戯作者になりたさが先に立ってしまい、つい、杵屋半蔵の口車に乗ってしまったのです」

今更、後悔してもどうしようもない、と小四郎はひたすらに嘆いた。

「その後、熊谷殿とは会っておるのか」

平九郎の問いかけに小四郎は会っていないと答え、

「ですが、きっと、熊谷殿は柳亭一角を憤《いきどお》っておられましょう」

と、憂鬱《ゆううつ》な顔になった。

「何処《いずこ》へ行かれたのか。ひょっとして、江戸を離れられたのかもしれぬ」

平九郎は言った。

「さて、そうだと、いいのですが、いや、よくはないか。熊谷殿を悪《あ》し様《ざま》に描いておることに変わりはないのですからね」

「まあ、それはそうだ」

その点には平九郎も同意した。

「つくづく、わたしは不出来な男でございます」

小四郎は頭を抱えた。

「もう、書いてしまったものは仕方がない。熊谷殿のことは、行方《ゆくえ》もわからぬゆえ、置いておくとして、問題は箕輪殿たちへの対応であるな」

平九郎も冷静にならなければと己に言い聞かせた。

「御家に迷惑がかかるのではないでしょうか」

小四郎は言った。

平九郎が答える前に、

「御家を離れます」

と、思い詰めたように言った。

「はやまるな」

平九郎は宥めた。

「ですが、それ以外に方法はありません。それに、わたしは戯作者として生きていこうと思います。これを機会にすればいいのです。ええ、そうですとも」

小四郎は決意したのだと言い添えた。

「戯作者として生きることに意を決するのは勝手であるが、それで亡き若田先生はお喜びになるのかな。たとえ、道場は継がなくとも大内家の禄《ろく》を食《は》まなくなる小四郎殿を祝福なさるであろうかな」

平九郎はあくまで穏やかに問いかけた。

「母はわたしが十三の時に病で亡くなりました。子はわたし一人です。ですから、わたしが御家を去れば、若田家は断絶します。父は憤るでしょう。それでも、わたしは大内家を離れ、戯作者として生きてゆきたいのです。椿殿は反対ですか」

やや強い口調で小四郎は己が決意を語り、平九郎に問いかけた。

「反対はしないが」

うまく言えなくて平九郎は口の中をもごもごとさせた。

すると、

「御免」

という声がかかった。

その声を聞き、

「……熊谷殿です」

小四郎は顔を蒼《あお》ざめさせた。

四

「この際だ。話し合いのよい機会ではないか。ならば」

平九郎は、自分は席を外す、と言った。

「待ってください。一緒にいてください」

小四郎は懇願した。

平九郎は躊躇ったが、

「入るぞ」

断りを入れる熊谷の声が聞こえ、熊谷がやって来た。

「熊谷殿、このたびはまことに申し訳ござりませぬ」

小四郎は平謝りに謝った。

熊谷は平九郎に気づき、黙礼した。平九郎も挨拶を返す。

「何を謝っておるのだ」

熊谷はきょとんとなった。

「ですから、草双紙です……」

小四郎は答えたが、

「草双紙がどうかしたのか」

熊谷は首を捻った。

そうなのだ。熊谷は小四郎が柳亭一角であることを知らないのである。そのことに
小四郎も気づき、

「あ、いや、その、近頃評判の草双紙なのですが、そこに熊谷殿のことが悪し様に描かれ、それに先立って読売でも熊谷殿のことがあくどく書き立てられていました」

申し訳なさそうに小四郎は言った。

「読売も草双紙も所詮《しょせん》は絵空事《えそらごと》である。そんなものに一々目くじらを立てておっては暮らしておれぬ。それに人の噂も七十五日と申すしな。何より、小四郎殿が詫びることでもない」

熊谷は鷹揚に語った。

「はあ……」

小四郎は熊谷の真意をはかりかねているようだ。

「では、本日の御用向きは」

小四郎は改めて問いかけた。

「暇乞《いとまご》いじゃ」

熊谷は言った。

「何処《いずこ》かへ旅立たれるのか」

平九郎が問いかけた。

「いかにも」

熊谷はうなずいた。

「何処へ……」

小四郎が問い直した。

「あてはない。今更、回国修行でもなかろうし、気が向くまま足が向くままに、まあ、気楽な旅をし、路銀尽き果てたら行き倒れるまでじゃ」

冗談とも本気ともつかない物言いを熊谷はした。

「そうですか……羨《うらや》ましいなあ」

と、言ってから小四郎は無責任なことを言ってすみません、と言い訳のように頭を下げた。

「何が羨ましいのかな」

熊谷は訝しんだ。

「無責任な物言いをしてしまいますが、自由に旅ができるなんて、いいなあ、と羨んだのです」

言い訳のように小四郎は言った。

「小四郎殿に限らず、他人から見ればそのように映るのでしょうな」

熊谷は笑った。

「大変に失礼なことを申しました」

改めて背筋をぴんと伸ばし、小四郎は頭を下げた。

「いや、気にすることはない」

熊谷は、ではと腰を上げようとした。

それを平九郎は引き止めた。

「よろしいですか」

平九郎が言うと熊谷は心中《しんちゅう》を察したように表情を引き締めた。

「先生を斬ったわけですか」

熊谷に言われ、

「くどいようですが、どうしても訳を知りたいのです」

平九郎は静かに頼んだ。

熊谷はちらっと小四郎を一瞥《いちべつ》した。小四郎は黙ってうなずいた。

「武士の情け……では得心がゆかぬのも無理からぬことであるとは存ずる。しかし、これは墓場まで持ってゆくべきことでござる。よって、申すわけにはまいらぬ。じゃが、どうしてもいうのであれば」

思案をするように熊谷は目を瞑った。

平九郎と小四郎はじっと熊谷の言葉を待った。

熊谷は両目を開いて言った。

「ならば、今宵、わが逗留先《とうりゆうさき》にてお話し致そう。お二人で訪ねて来てくだされ。むろんのこと、このことは他言無用に願いたい」

「承知しました」

平九郎は即答した。

小四郎は迷う風であったが結局、自分も参りますと返事をした。

熊谷の滞在先は新川《しんかわ》にある浄土宗《じようどしゆう》の寺院、法生寺《ほうしようじ》の境内にある庵《いおり》だそうだ。明朝には旅発つので、旅支度もあり、夜半の来訪を請《こ》いたい、ということだ。

熊谷は表情を引き締めたまま帰っていった。

「椿殿……」

小四郎は思い詰めたような顔となった。

行くと返事をしたものの、躊躇いが生じたようだ。

「行きたくないのか」

平九郎の問いかけに小四郎は小さくため息を吐いた。

「怖いのです……知ってはならない父の顔を見るような気がするのです」

小四郎は言った。

なるほど、熊谷が墓場まで持ってゆくつもりだった若田小兵衛斬殺である。恩師を斬った、しかも背中を斬る、という武士にあるまじき闇討ち同然の所業だ。熊谷格之進のような剣客としても、武士としても人格高潔な者がそんな手段で小兵衛を斬ったからには、小兵衛の側にも斬られるに足る理由があった、と想像できる。

そして、その理由は小兵衛の暗い一面、小四郎が知らない一面を晒《さら》すことになるのではなかろうか。

子として、知りたくはないとしても責められない。知ったところで小兵衛が生き返るわけでも、小四郎にとってなんらかの利があることもないのだ。

むしろ、知ったことによって小兵衛の闇の部分が小四郎に引き継がれてゆくかもしれないのである。

「無理に来ることはない。但《ただ》し、わたしが熊谷殿から聞いたことは、そなたには語らぬ。そのことは申しておく」

平九郎は厳しい口調で告げた。

「当然ですね。行かないで、都合よく話の内容だけ知るというのはあまりにも身勝手過ぎます」

自分に言い聞かせるように小四郎は言った。

すると、

「御免くださ〜い」

頭のてっぺんから出たような陽気な声が聞こえた。

「杵屋か……」

小四郎は呟《つぶや》くと、入るよう促した。平九郎が帰ろうとすると、引き留められた。すると、杵屋平蔵が入って来た。縞柄《しまがら》の着物に杵屋の屋号が記された印半纏《しるしばんてん》を重ね、手拭《てぬぐい》を吉原被りにしている。腰には矢立《やたて》と帳面をぶら下げていた。歳の頃、三十半ばの脂ぎったいかにも精力的な男である。清酒の入った角樽《つのだる》を持参してもいた。

芳醇《ほうじゅん》な清酒が香り立つ角樽を置くと、

「先生、陣中見舞いすよ」

揉み手をして挨拶をし、平九郎にひょっこりと頭を下げた。小四郎は平九郎を紹介した。

半蔵は大袈裟《おおげさ》に仰《の》け反《ぞ》って、

「では、柳亭一角先生の助太刀をなさった、大内さまの御家来衆でいらっしゃいますな」

「助太刀と言うより、その場に立ち会っただけだ」

平九郎はやんわりと否定した。

半蔵はしばらく平九郎を見ていたが、

「ああ、そうだ、一角先生、こちらの椿さま……ひょっとしたら虎退治の清正さまではございませんか」

と、顔を輝かせた。

「そうだぞ。こちらがかの虎退治の今清正こと大内家留守居役椿平九郎殿だ」

勿体《もったい》をつけた口調で小四郎が答えると、半蔵はにんまりとした。いかにも何か魂胆《こんたん》があるようだ。

果たして、

「先生、椿さまも若田小四郎仇討ち回国記に登場願ってはいかがでしょう」

半蔵はその方が、読者受けがする、と乗り気になっている。

「おい、勝手に決めるな。椿殿はな、大峰家の柱石《ちゅうせき》だぞ。わたしとは違うのだ。御家の体面を穢すようなことはなさらぬし、なさってはいけない」

小四郎は強く反対した。

「お言葉ですがね、先生の草双紙は評判を呼んでいるんですから、大内さまの御家名も大いに上がると思いますよ」

　臆せずに半蔵は言い返した。

「馬鹿……草双紙で大名家が家名を挙げてどうするのだ」

　小四郎は抵抗を示した。

「そうですかね、あたしはですよ、これは大いに良い機会だと思うんです。世の中、評判を呼んだ者勝ちですからね」

　さばさばとした口調で半蔵は己《おの》が考えを披露した。

「それは草双紙とか読売の商いの理屈だ。大名が評判を気にしてどうする」

　大真面目に小四郎は反論した。

　それでも半蔵は引っ込まず、

「お大名だって御家の評判を気になさっていますよ。相撲《すもう》がいい例じゃござんせんか」

　半蔵が言うようにこの時代、力士は大名家が抱えていた。自分の家が抱えている力士が番付表の上位になれば誇らしい。参勤交代に当たっては槍持ちにして行列を飾り立てた。

「ですから、虎退治の椿平九郎清正さまが若武者若田小四郎さまを助け、道中の行く手を阻む悪党どもをばったばったと斬り倒す……これは評判を呼びますよ」

半蔵は刀を振るう真似をした。

「そりゃ、やり過ぎだ」

小四郎は鼻白《はなじろ》んだ。

「やり過ぎるくらいが丁度いいのです。でないと、数多《あまた》出回る草双紙の山に埋もれてしまいますからな」

半蔵は賢しらに言い立てた。

「とにかく、椿殿を巻き込むのはよくない。それに、仇の熊谷殿を悪党に書き立てるのにも躊躇いが生じた」

小四郎は言った。

「ですから、熊谷さまに関しましては名前も変えておりますし、御家も別の御家、お父上の若田先生の道場に通い、師範代を務めていた他藩の方、としておるではありませんか。ご迷惑はおかけしておりませんよ」

半蔵は言い立てた。

「名前を違えてある、と申しても熊沢陽之進《くまざわようのしん》では丸わかりではないか……今更だが、悔いておる」

小四郎は熊谷と会って、罪悪感を募らせたようだ。

「先生、弱気なことじゃ筆に影響しますよ。若田小四郎は悪党にも妖怪にも屈しない、古今無双《こごんむそう》の剣士なのですぞ。弱くなってもらってはなりません」

半蔵は励ました。

小四郎は横を向いた。

半蔵は改めて小四郎に、

「ところで、悪旗本三人組、うるさいやら、仕方がないですな」

悪旗本三人組とは箕輪幸吉郎、服部与三次、前川伝兵衛を指すのは言うまでもない。彼らは自分たちが悪く描いてあると、杵屋に抗議に押しかけるそうだ。

「適当にあしらっていますがね、もう、うるさくて」

半蔵は持て余しているそうだ。

小四郎が、

「ならば、あのお三方にも見せ場を作ったらどうだろう」

と、提案した。

「そりゃ、いいかもしれませんね。盗人《ぬすっと》にも五分《ごぶ》の理じゃござんせんが、悪党にも善の一面があるっていうと深みが出てきますな」

半蔵は乗り気になった。

次いで感心し、

「先生、すっかり戯作者にお成りですね」

と、愛想を言った。

複雑な表情を浮かべ小四郎はうなずいた。

五

その夜、平九郎は新川にある浄土宗の寺院法生寺の庵へとやって来た。新月とあって闇夜である。凍えるような夜風が襟から吹き込み手がかじかんでいる。口と言わず鼻からも白い息が吐き出され消えてゆく。羽織、袴に威儀《いぎ》を正しているが背中が丸まってしまった。

小四郎は来るとも来ない、とも言わなかった。来る気があるのなら、今頃は庵にいるはずだ。

境内の隅に建てられた藁葺《わらぶ》き屋根の建物の戸口に立ち、引き戸を開けようと手を掛けた。すると、いきなり戸が乱暴に開けられた。

小四郎が飛び出して来た。

顔を蒼ざめさせ、平九郎にぶつかりそうになる。羽織、袴姿ながら腰には脇差だけで武士を捨てたことを物語っていた。

「椿殿……」

声を上ずらせながら小四郎は平九郎を見た。その表情だけで大事が出来《しゅったい》したことが予想される。

「どうしたのだ」

問いかける前に、

「来てください」

と、小四郎は平九郎を庵の中に引き入れた。

強烈な鉄錆《てつさび》の臭いが平九郎の鼻孔を刺激した。広がった土間は血の海が広がっている。その真ん中に侍が倒れていた。

「熊谷殿……ではないな」

平九郎は亡骸の脇に屈んだ。

土間の向こうに小上がりの板の間がある。真ん中には囲炉裏《いろり》が切られていた。囲炉裏の火は消されている。冷え冷えとした闇に庵は沈んでいた。

庵の中には誰もいない。

亡骸を仰向けにした。

「服部殿か」

平九郎が言うと小四郎もうなずいた。

服部与三次は背中を斬られていた。右の肩先から左脇腹にかけてばっさりだ。嫌でも若田小兵衛の斬られた様《さま》が思い出される。

「熊谷殿は……」

平九郎は庵の中を見回した。

誰もいない。

「わたしは、ほんの少し前に来たのです」

庵の中に足を踏み入れると既に服部の亡骸が転がっており、熊谷は姿を消していた。

「熊谷殿の仕業でしょうか」

小四郎は言った。

「さて、それだけでは判断できないが……熊谷殿はなんらかの事情をご存じなのは確かなのではないか」

平九郎が返すと、

「そうかもしれません。それと、服部殿が熊谷殿を訪れた目的は何でしょうか」

小四郎は疑問を投げかけた。

「剣の教えを請いに来たのか。箕輪幸吉郎の道場に迎えようとしたのか」

平九郎は首を傾げた。

「ここで熊谷殿といさかいが起きたのでしょうか。それで、熊谷殿が服部殿を斬って逃亡したのではありませんか」

小四郎は推測を述べ立てたものの、

「いや、そんなことはない。服部殿は背中を斬られています。そんな卑怯な真似を熊谷殿がするはずはございませぬ」

即座に否定した。

「しかし、若田先生も背中が斬られておったではないか。我らはそのわけを知りたくてここに来たのだ」

平九郎の言葉は小四郎の胸に刺さったようで、

「それはそうですが……」

と、小四郎は悲痛に顔を歪ませた。

「それにしても、二人を立て続けに闇討ちした理由がわからない。熊谷殿の腕を以《も》ってすれば、正々堂々と斬ることができたはずだ」

平九郎が疑問を呈《てい》すると、

「そうですよね……」

小四郎も考え込む。

すると、戸口に足音が近づいてきたと思うと二つの人影が現れた。一人は中背、もう一人は小太りである。

二つの影は庵に入って来た。箕輪幸吉郎と前川伝兵衛である。二人は服部の亡骸に気づき色めき立った。

「貴殿らの仕業か」

前川が腰の刀に手をやる。

「我らが着いた時には既に服部殿が殺されておりましたぞ」

平九郎が返すと、

「熊谷殿はいかがしたのだ」

箕輪が問いかけた。

「我らが来た時には既におられなかった」

平九郎が答える。

「熊谷殿が服部を斬った、と申すのか」

　箕輪の言葉を、

「そんなことはあり得ない」

　頭から前川は否定した。

「我らもそう思う」

　平九郎も賛同した。

　ここで小四郎が、

「わたしが先に来たのです」

　と、ここに来るに至ったわけを説明した。

「なるほど、熊谷殿が何故若田先生を闇討ち同然に斬ったのかを知りたくて来たということか。ところが、またしても熊谷殿は服部の背中を斬った、というのだな」

　箕輪が確かめた。

「いや、わたしには服部殿もそうですが、今でも熊谷殿が父を斬ったのか信じられないのです」

　小四郎は言った。

「そうか……」

箕輪は訝しみながら視線を平九郎に移した。

「わしは、貴殿が殺したのだと思うぞ」

前川は小四郎を睨んだ。

「まさか」

小四郎は目を白黒とさせた。

「そうかな、貴殿であれば服部を背中から平気で斬ることができるだろう」

前川は嘲笑《ちょうしょう》を浮かべた。

小四郎は悔しそうに拳《こぶし》を握った。

「熊谷殿も殺したのか」

前川は迫る。

「断じてわたしではありません。わたしは、非力《ひりき》な男ですが父を殺したり、闇討ちにしたりするような男ではありません」

小四郎は声を大きくした。

すると前川が、

「近頃、若田小四郎仇討ち回国記なる草双紙が評判になっておるな。実に荒唐無稽の絵空事であるばかりか我らを貶《おとし》める愚劣《ぐれつ》極まる代物《しろもの》じゃ。そこで、貴殿は大した剣豪《けんごう》ぶりに描かれておる。貴殿、それでいい気になっておるのではないか」

と、声を大きくして罵った。

「草双紙はあくまで読み物です。わたしは、服部殿を手にかけておりません」

小四郎は重ねて否定した。

ここで平九郎が、

「服部殿が熊谷殿を訪問したわけをご存じですか」

と、箕輪と前川の顔を交互に見た。

箕輪が、

「おそらくは、剣に関しての談義であろう。以前にも申したが我らは熊谷殿を兄とも慕っておった。剣についてのやり取りは何よりも喜ばしかったのだ」

「こんな夜更けにですか」

平九郎は問い直した。

「熊谷殿も服部も剣に関しては時と場所にかかわらず、熱中したものだ」

箕輪は当然のように返した。

「そうですかな……」

平九郎は訝しんだ。

「妙な勘繰りはやめてもらいたい」

両目を吊り上げ、前川が平九郎に詰め寄った。平九郎は動ずることなく、

「服部殿も熊谷殿が何故若田先生の背中から斬ったのか、それを確かめようとしたのではないのですか」

と、言い返した。

「それは知らぬ」

前川は答えを拒んだ。

「箕輪殿、いかに」

平九郎は迫った。

箕輪は何度かうなずき、

「我らも熊谷殿の若田先生殺害については深い疑念を抱いておるのだ。真相は別にあるのかもしれない。そう考えておる。服部も同様であった。ゆえに、熊谷殿に腹蔵《ふくぞう》なく、一件の真相をお話し頂こうと思ったのは事実だ。それゆえ、ここに参った」

と、認めた。

「ところが、こんな事になってしまった。この上は熊谷殿を捜さねば……」

前川は疑惑の目で小四郎を見た。

「わたしは存じません」

小四郎は繰り返した。

「刀にかけて申さるか」

小四郎の非力さを見越して、前川はにんまりと笑った。

「それは……」

小四郎は躊躇いを示した。

「ふん、なまくら武士めが」

嵩《かさ》にかかって前川は罵倒した。

平九郎が、

「おやめなされ。まずは、熊谷殿の行方を追うべきではないですか」

と、訴えかけた。

「それはむろんのことじゃ」

箕輪が受け入れた。

「ならば、今日のところは、これにて失礼致します」

平九郎は言った。

「帰られる前に住職殿に話を聞こうではないか」

箕輪は前川を促し、服部の亡骸を土間から板張りに移した。小四郎が住職を呼びに行った。

「なんだか、事件には裏がありそうですな」

平九郎の言葉に、

「まさしく」

箕輪も同意した。

六

住職の寛陽《かんよう》がやって来た。還暦《かんれき》を過ぎた老僧である。寛陽は服部の亡骸に合掌してから平九郎たちに向き直った。

「この寺は木村家の菩提寺《ぼだいじ》でしてな」

寛陽は言った。

熊谷格之進は、直参旗本三千五百石、新番頭であった木村勘十郎の三男であった。元服後、横手藩大内家納戸役熊谷木右衛門《もくえもん》に養子入りした。先月、熊谷は若田小四郎の仇討ちにより大内家を離れた。それをきっかけにこの寺に寄宿したのである。

平九郎が箕輪と前川に熊谷の実父、木村勘十郎を知っているか確かめた。箕輪が、

「むろん存じ上げておる。二年前まで新番頭をお務めであった。まこと、手練の兵法者であられたのだ。申したように我ら、木村家におられた頃より熊谷殿とは昵懇《じっこん》の間柄であった。木村家の御屋敷にも何度もお邪魔をし、勘十郎殿からも剣の指南、新番組の心得を教わった。葉月《はづき》に急逝《きゅうせい》なさり、驚きと悲しみに暮れたものじゃ」

箕輪が言うと、

「まこと、突然の訃報《ふほう》であった」

前川も木村勘十郎の死を悼んだ。

「病とか」

平九郎が訊くと、

「そのようであった」

前川の答えは微妙に曖昧《あいまい》であった。

「いかがされた」

平九郎は気になり、問いを重ねる。

前川が答えを渋っていると、

「我ら、弔問《ちょうもん》できなかったのだ」

箕輪が言った。

「どういうことですか」

平九郎は問いを重ねた。

「わからぬ」

箕輪は首を左右に振った。

「病死ではなかったのですか」

小四郎が口を挟《はさ》んだ。

「貴殿、迂闊《うかつ》なことを申されるな」

前川は憤った。

しかし、小四郎は臆することなく続けた。

「熊谷殿はお父上が亡くなられた後、様子がおかしかったのです」

「様子がおかしいとは」

平九郎が小四郎に問いかけた。

「暗い表情をたたえられる時が見受けられるようになりました。その時は特に違和感を抱きませんでした。お父上を亡くされて気を落とされたのだと思っておったのです。

しかし、今から思えば、あの頃から父との関係がぎくしゃくとしだしたような……もっとも、以前にも申しましたがお互い言葉を荒らげていさかいを起こすようなことはありませんでした。他人から見れば二人はこれまで通りの子弟関係を保っておったと存じます」

小四郎は記憶の糸を手繰《たぐ》るように目を瞑った。

しばし後《のち》、小四郎は戯作者の才能ゆえか、熊谷と若田小兵衛のぎくしゃくぶりを詳細に亘《わた》って語った。

あの頃、小四郎は道場の向かいにある物置で草双紙の執筆を行っていた。小兵衛からは剣の稽古をするように毎日叱咤《しった》されているのだが、どうしてもそれが嫌でついつい怠っている。

厳しい目を向けてくるために形ばかりの稽古をしていたのだが、ここ数日、小兵衛は口うるさく言わなくなった。それをいいことに、小四郎は物置小屋で草双紙に読みふけり、自分でも書いているのだ。

様子がおかしいのは小兵衛ばかりか師範代の熊谷もであった。両者は肝胆相照《かんたんあいて》らす仲、あうんの呼吸で道場を運営していた。

小兵衛は門人たちの指導を熊谷に任せていた。それが、この日の昼下がりであった。

「ならん！」

聞きなれない小兵衛の大きな声が聞こえた。

さすがに小四郎は驚き物置小屋を飛び出し、道場に駆け込んだ。

門人たちは小兵衛の大声に驚いていた。

「そうであったな」

箕輪が思い出した。

「あの時は驚いた」

前川も言葉を添える。

平九郎が箕輪を見た。

「あの時、稽古のやり方を巡って先生と師範代殿の間でいさかいが生じたのだ。だが、先生が声を大きくしたのは一言だけだった。後は普段通りにやり取りをなさった。決して争いがあったわけではない」

という箕輪の言葉を引き取り前川が続けた。

「我ら以前より真剣にての稽古を要望しておった。むろん、真剣で立ち会うのではない。型の稽古であり、米俵《こめだわら》を斬る、あるいは野犬を斬る、というものだ。先生が横手藩領でやっておられた真剣での稽古を江戸の道場でも望んだのだ」

「泰平に慣れた世の中とあってな、真剣を抜いたこともない武士がおる。さすがに新番方にはそんな者はおらぬが、それでも、めったに抜かぬ。中には手入れを怠っておる者もおる。それでは、武士たる者の名折れである。加えてな、我ら渡りの耕太一味を成敗《せいばい》しようと思っておったのでな」

箕輪と前川、服部は新番方に属する旗本の屋敷に押し入る不届き極まる渡り中間の盗人集団を正義の名の下に成敗しようというのだ。

そのためにも前川たちは真剣での稽古を希望していたのだった。特に真剣での米俵斬り、野犬斬りを願っていた。

その前川たちの願いを熊谷は聞き入れ、小兵衛の許可も得ていた。

それが、この日、突如として小兵衛が真剣での稽古はやらない、と言い出したのだ。

加えて、

「斬るために捕まえておいた野犬がいなくなっておったのだ」

箕輪は言った。

前川と服部は自分の奉公人たちに命じて野犬を捕まえ、急ごしらえで造った若田道場内の犬小屋に入れておいた。

「その犬は小屋から逃げ出した、と先生は申された」

そんな馬鹿なと箕輪はムッとした。

険悪な雰囲気となった。

熊谷が間に入り、

「後日にやり直そう、と師範代が間に立たれたのだ。我ら師範代殿の顔を立て、その場は引っ込んだ」

箕輪は言った。

続いて、

「しかし、その後、真剣での稽古が行われることはなかった。そのうちに渡りの耕太一味の出没を耳にしなくなり、我らのやる気も失せていった」

前川は言った。

「しかし、耕太一味が盗み、押込みをやめたわけではない。おそらくは、押込みに入られた旗本屋敷はそれを表沙汰にしていないだけなのだ。恥ずかしくて、いや、御家の体面に関わるゆえな。何しろ、御老中より、渡りの耕太一味を成敗せよ、と新番方に対し内々に命令が出た」

表立って捕縛するのは火盗改《かとうあらため》の役目であるが新番方という将軍直属の親衛隊た

る旗本の屋敷ばかりが狙われているとあって、新番方の面目《めんぼく》にかけて耕太一味を成敗せよ、との内命が出たのだ。

「内々に命令が出たということは、火盗改を憚ってのこともあるが、新番方の面目を見せよという叱咤、しかし、表沙汰になっては、一味に押し入られた者たちが面目を失う、ということだ。我らはなんとしても渡りの耕太一味を成敗せねばならない。そのことは、若田先生もよくおわかりくださった。師範代は実家が新番頭であられたからな。尚更であるぞ」

箕輪は決意を示した。

「それなのに、若田先生は真剣での稽古を取りやめてしまわれたのですな。若田先生は人を斬ることを良し、とはお考えにならなかったのでしょう。剣は武芸の一環、だとお考えであられたのではありませぬか」

平九郎は言った。

すると、小四郎が、

「違います」

頑として異を唱えた。

みなの視線が小四郎に集まった。

視線が集まる中、小四郎は語った。

「父は剣とは人を斬るためにある、と申しておりました」

「なるほど、それでは、真剣での稽古はむしろ望むところですな」

平九郎の言葉を受けた小四郎が問うてきた。

「椿殿は覚えておられますか。昨年、国許で起きた盗人一味成敗のこと」

「城下の外れで盗人一味への大捕物がありましたな。わたしは、江戸詰めになっておりましたので伝聞でしか存じませんが」

横手城下を荒した盗人一味がいた。浪人ややくざ者からなる山賊だった。鑓や山賊刀を手に城下の商家に押し入った。無残にも商家の奉公人、主人一家を殺し、火を付けた。

そんな凶暴な連中ゆえ、横手藩は山賊一味を生け捕りにこだわらず、斬り捨てにせよということで対処した。

城下を預かる町奉行所と城から征伐隊が編成され、若田小兵衛も加わった。山賊一味が籠もる荒寺《あれでら》を征伐隊が急襲した。

ところが、豪雪であった。

それゆえ、征伐に手間取った。山賊一味は二十人余り、中には意外なことに鉄砲や弓を持つ者もいた。

征伐隊はひるんだ。

ところが、小兵衛は単騎《たんき》、馬を駆って敵の真っただ中に駆け込み、弓、鉄砲にもひるまず、馬上から鑓を振るい、下馬《げば》してからは大刀で敵を斬り伏せた。

獅子奮迅《ししふんじん》の働きをした小兵衛に勇気づけられ、征伐隊は山賊一味を壊滅《かいめつ》させた。生け捕りにしようとしたが、小兵衛の凄まじい闘志にそんなことは言っていられなくなり、みな、夢中で刀を振るったのだった。

その中には女たちもいた。

「城下の遊廓からさらった酌婦であったとか」

平九郎の問いかけに、

「女たちは助けるべきだった、と父は悔いておりました」

小四郎は答えた。

第三章　渡りの耕太《こうた》

一

横手城下を荒らした山賊一味征伐により、若田小兵衛の盛名《せいめい》は一層高まった。さすがは兵法指南、横手藩随一の遣い手であるばかりか古今無双の武芸者だと称えられたのである。

それは、小兵衛が日頃より唱えている実戦を想定した剣法、若田一刀流真剣《いっとうりゅうしんけん》の極意、をまさしく実践するものであった。

それゆえ、横手藩大内家中ばかりか江戸では直参旗本、しかも将軍直属の親衛隊である新番方も道場の門を叩くのである。

しかし、小兵衛は真剣での稽古を勧めなくなった。

「何故であろうな」

　箕輪は改めて小四郎に問いかけた。

「さて、わたしにはわかりません。ただ、前川さま、服部さまの奉公人たちが捕まえてきた野良犬を父が解き放っているのを見ました」

　小四郎の話を聞き、

「なんと」

　前川は絶句した。

「その時の父の目はうつろでした」

　小四郎は悲し気にまつ毛を揺らした。

「熊谷殿はなんと申しておられたのかな」

　平九郎が小四郎に問いかけた。

「犬を放った場に熊谷殿は居合わせなかったので何も申されませんでしたが、父の仕業だという見当はつけていたと思います」

「熊谷殿が若田先生に隠居を勧めたのは先生の技量が衰えたからなのか」

　平九郎は問いを重ねる。

　すると小四郎よりも先に箕輪と前川がそれを否定した。

そして箕輪が、

「先生は一向に技量など衰えておられなかった。かろうじて先生と互角《ごかく》に渡り合えるのは師範代殿だけ、我らは赤子の手を捻るようであった」

「まさしく」

言葉を強め前川が認めてから、

「先生からはこう言われておった。いつなりと、わしに隙があると見たら一撃を食らわせよ、と」

と、打ち明けた。

稽古の合間であろうと、あるいは道場の帰り際であろうと、そして、

「背後からでもよい……先生はわしに斬りかかってまいれ、と申された」

前川はさすがにそんな卑怯な真似はできない、と躊躇った。

しかし、ある日のことだった。

小兵衛が庭にたたずんでいた。道着姿の背中はあまりにも無防備であった。

「魔が差した、というかのう。わしは、先生に一撃を加えられる、と邪心《じゃしん》が芽生えたのだ」

前川はそっと忍び足で小兵衛に近づき、木刀を振り下ろそうとした。しかし、その

刹那《せつな》、小兵衛は風のように振り向き、手にしていた竹刀の鐺《こじり》で前川の鳩尾《みぞおち》を突いた。

「それは、まさしく疾風迅雷《しっぷうじんらい》、神業《かみわざ》のようであった。鳩尾を突かれたわしはその場で気を失った」

　目が覚めたのは道場であったそうだ。

「背中にも目があるというか、隙などというものは若田小兵衛先生にはなかった。また、その動き、剣さばきの技量という点においても少しも衰えておられなんだ」

　前川は舌を巻いたのだった。

　その話を聞きふと、

「それならば、熊谷殿が若田先生の背中を斬った、というのは、そうしても卑怯にはならない、という意識が熊谷殿にあったからでしょうか」

　平九郎は思い付きを語った。

「そんなことはなかろう。前川の場合はあくまで稽古の一環であり、先生もそれを受け入れておられた。しかし、師範代殿の場合は稽古ではなく真剣で斬りかかったのだ。話がまるで違う」

　箕輪は否定した。

「なるほど、確かに」

平九郎は納得した。

「ということは、やはり、何故、熊谷殿が父の背中を斬ったのかはわからないままですね」

小四郎は小さくため息を吐いた。

ここで寛陽が読経《どきょう》を終えた。

箕輪と服部が礼を述べ立てた。

平九郎は、

「熊谷殿の行方、お心当たりがござりませぬか」

と、問いかけた。

寛陽は首を左右に振り、存じませぬ、と答えた。

「こちらでの熊谷殿のお暮らしぶりをお聞かせ願えませぬか」

平九郎は頼んだ。

「熊谷殿はこの庵に静かに暮らしておられましたな。特に訪れる者と言えば……杵屋とか申す調子の良い男だけでした」

杵屋半蔵は足しげく熊谷を訪ね、若田小兵衛斬殺についてあれこれと聞き出していたそうだ。戯作者柳亭一角先生にネタを提供するためだったとか。

「半蔵の奴、余計なことを……」

うっかりという感じで小四郎は呟いた。

耳聡《みみざと》く箕輪が、

「杵屋半蔵は草双紙、若田小四郎仇討ち回国記の版元ではないか。小四郎殿、半蔵を知っておるのか」

と、疑念の目を向けてきた。

前川も、

「存じておられるのか。あの、いけすかない者を」

怒りの表情となっている。

「いえ、そんなには知りません」

しどろもどろとなって小四郎が否定した。

「それにしては、あいつ余計なこと……などと懇意《こんい》にしておられるような様子であったが、のう」

箕輪は前川に同意を求めた。

「いかにも。小四郎殿、いかに……おお、そうだ。先生が嘆いておられたことがあった。小四郎は草双紙などという下らぬ物に夢中で困る。一向に剣の修行に身を入れぬ、となー」

前川は言った。

それを受けて箕輪も、

「そうじゃ。道場の母屋で宴を張った時のこと、師範代殿が先生に小四郎殿には好きな道を進まれるようお許しになられたらどうか、と、おっしゃった。先生は顔色を変え、戯作者なんぞにさせられるものか、とな」

と、言い添えた。

「いや、それは……」

小四郎は否定しようとしたが、

「小四郎殿、認められたらどうだ。志を以って自分の好きな戯作の道を進んでおるのだろう。身を偽って行わなければならないような仕事ならやめた方がいい」

平九郎はさとした。

箕輪と前川は刺すような目で小四郎を見た。

小四郎は小さく首肯し、

「わたしが柳亭一角です」

と、認めた。

前川は目をむいた。

箕輪は怒りを押さえるように唇を噛んだ。

「小四郎殿、我らを愚弄《ぐろう》するか」

前川が責め立てた。

「そんな気はありません。ですが、不快に思われたなら、お詫び申しあげます」

小四郎は深々と頭を下げた。

「武士の体面を大いに傷つけられた。見損なったぞ。新番方を地に堕《お》とすが如き所業だ。草葉の陰で若田先生もお怒りであろう」

前川は怒り心頭だ。

「あくまで草双紙です。草双紙というものは絵空事な物語です。真実を語るものではないのです。読み手とてそれを承知の上で楽しんでおるのです。筆が滑ってしまったことは謝ります。ですが、どうかおわかりください。決して悪意を以って貴殿らを悪人として描いたのではないのです」

必死の形相で小四郎は言い訳を並べ立てた。

それでも、

「草双紙なら何を書いてもよいのか。ならば、畏れ多くも将軍家を愚弄する物語を書いてみよ。十一代家斉《いえなり》公を悪の親玉、この世に災いをもたらす悪鬼《あっき》だと描いてみせよ。杵屋は潰され、柳亭一角は数多の旗本に命を狙われるぞ。むろん、まっさきにわしが一角を斬り、首を挙げるがな」

怒りを募らせ、前川は捲し立てた。小太りの身体がわなわなと震え、寒夜《かんや》にもかかわらず額には汗を滲ませている。

「申し訳ござらぬ」

小四郎は米搗《こめつ》き飛蝗《ばった》のように何度も頭を下げる。

「あの世の先生も嘆いておられよう。小四郎殿、直ちに草双紙を引き揚げるのじゃ」

厳然とした口調で箕輪は求めた。

「それは……」

小四郎は黙り込んだ。

「回収せよ」

強い口調で前川が迫った。

するとの小四郎はかっと双眸を見開き、

「できません」

と、きっぱりと断った。

「なんじゃと」

前川は小四郎の襟首を摑んだ。それを箕輪が、

「やめよ」

と、諫めた。

憤激《ふんげき》に駆られた前川は肩で息をしながら両手を離した。小四郎は咳をしながらも、

「引き上げるわけにはまいりませぬ。どうしても、草双紙を回収せよと申されるのなら、斬ってくだされ」

小四郎は前川に背中を向け、土間にあぐらをかいた。

前川は目をむき、刀の柄に右手を添えた。

小四郎は両目を瞑った。

柄に手を添えたまま前川はじりじりと迫った。小四郎は戯作者としての決意を示していた。

箕輪は黙っている。

平九郎が間に入ろうとする前に寛陽が、

「前川殿と申されたか。朋輩《ほうばい》の方が仏となっておられるのじゃ。これ以上の血を見るのはどうであろうな」

と、声をかけた。

「いかにも」

箕輪が応じると、

「いいだろう。今夜は服部に免じて刀は抜かぬ。じゃがな、このままではおかぬぞ。覚悟しておけ」

前川は言った。

二

箕輪と前川は服部の亡骸を引き取り、法生寺を去った。

「住職殿、お気遣い、まことにありがとうございます」

小四郎が礼を述べ立てた。

「わしも御仏に仕える身ですのでな、目の前で刃傷沙汰が起きるのを黙ってはいられません。それ故、お節介ながら口を挟んだのじゃがな」

穏やかな笑みを浮かべ寛陽は言った。

小四郎が再び礼を述べ立ててから平九郎が続けた。

「住職殿、亡くなられた木村勘十郎殿ですが、この寺に葬られたのですな」

するとと、寛陽の目元がぴくぴくと動いた。

「そうですな」

短く寛陽は答えた。

「木村殿はどうして亡くなられたのですか。急なる病なのでしょうか」

平九郎は問いを重ねる。

「病ということでしたが……」

寛陽は言葉を止めた。

「お話しくだされ」

平九郎は頼んだ。

「それは……拙僧《せっそう》からは申し上げにくいが……」

それでも寛陽は躊躇いを示していたが平九郎と小四郎の強い眼差しを受け、重い口を開いた。

「湯灌《ゆかん》をした者から耳にしたのじゃが、斬られておったということじゃ」

寛陽は早口に答えた。

「ほう……」

平九郎は小四郎と顔を見合わせた。

「しかも今宵の仏のように背中を斬られていた、ということじゃった。拙僧は、なんとも言い難い思いを抱いた。木村殿の無念を感じたものじゃ」

両手を合わせ寛陽は木村勘十郎のために読経した。

「これは偶然でしょうか。熊谷殿が関わった者の死では、みな背中を斬られております。やはり、熊谷殿の仕業なのでしょうか」

小四郎は頭を抱えた。

「だとしたら、熊谷殿は腕がありながら背中を斬る、という卑怯な手段をわざわざとったことになりますな。実に不思議だ。まことに、不思議だ」

平九郎は唸《うな》った。

「熊谷殿……一体、どういうことなのでしょう。わたしは、卑劣な闇討ちと熊谷殿がどうしても一致しません」

首を左右に振って小四郎は嘆いた。

「わたしとて同じだ」

平九郎が同意すると、

「拙僧もですな」

寛陽も賛同した。

「住職殿もそう申されるくらいですから、わたしの熊谷殿を見る目が甘いとは思いません」

小四郎は疑念と悩みを深めるばかりだ。

「まさしく」

平九郎にも小四郎の気持ちがよくわかる。

「となると、下手人は別にいるのではないでしょうか。つまり、父も木村さまも服部殿も熊谷殿ではなく別の者が殺した、のではないでしょうか」

小四郎の考えに、

「となると、下手人は三人と繋がりがある者ということになるな」

平九郎は思案を巡らせた。

「わたしもそう考えます」

小四郎は賛同した。

「木村勘十郎殿、若田小兵衛殿、それに服部与三次殿、お三方と繋がりを持つ者……まずは、箕輪幸吉郎殿と前川伝兵衛殿が思い浮かぶが、箕輪殿も前川殿もお三方を殺す理由が見当たらない……今のところだがな」

平九郎は首を捻った。

「繋がりという点からすると箕輪殿と前川殿以外では熊谷殿、ということになりますね」

改めて小四郎から熊谷の名を出され、

「う〜む……」

平九郎は言葉に詰まった。

「やはり、熊谷殿の仕業なのでしょうか。しかし、木村勘十郎殿は熊谷殿の実父です。服部殿は弟のようにかわいがっておられた弟子。熊谷殿は師である若田小兵衛殿ばかりか、実父木村勘十郎殿と弟子服部与三次殿も殺したのでしょうか。しかも、背中を斬るなどという闇討ち同然の武士にあるまじき卑劣な手段によって……あり得ない。熊谷格之進殿はそのような男ではない。きっと、お三方の死には未だ浮かび上がっていない深い闇があるのです」

小四郎の声には怒りが滲《にじ》んでいる。それは、平九郎にぶつけられたものではなく、これまでの小四郎の苦難に対して向けられたのだろう。

父を殺され、尊敬する師範代熊谷格之進との心ならずの仇討ち騒ぎ、それに一応の決着が付けられ、あとは自分が好きな道に踏み出せた、しかし、武士とは関わりを絶とうとしたのに訳のわからない謎めいた殺しが起こった。しかも、その殺しは全く予期せぬ展開を生み、それによって心ならずも、深い遺恨を生んでしまったのだ。

平九郎は小四郎の気持ちを考え、彼の憤怒を見守った。

しかし、小四郎は思いのたけを吐き出し、気分が落ち着き、

「すみません。椿殿は何も悪くはないのですものね」

「いや、別に怒ってはおらぬ。それよりも、小四郎殿が熊谷殿を討ち果たさなかったのは正解かもしれぬ」

平九郎は言った。

「わたしにしては良き判断であったと思います」

しおらしく小四郎は応じた。

「小四郎殿は戯作者として一流になられるかもしれませんぞ」

平九郎が言うと、

「なんですか……急に……」

小四郎は戸惑いを示した。

「人を見る目があるということです。小四郎殿は熊谷殿が若田先生を闇討ち同然のやり方で斬ってなどいないことを、熊谷殿のお人柄から見抜いておられたのですから

な」

平九郎は感嘆の声を上げた。

「よしてください。わたしは、臆病《おくびょう》なだけです。いつも人の顔色を窺《うかが》い、おっかなびっくりにうまく立ち回ろうとしてしまう。まったく、嫌な男でございます」

自嘲《じちょう》気味の笑みを浮かべ小四郎は自分をなじった。

「自分をそうやって見つめられるのはやはり大したものでしょう」

尚も賞賛する平九郎に、

「その辺にしてください」

小四郎は暗い表情となった。

それから小四郎はおもむろに語り出した。

「今日のところは、前川殿、箕輪殿は引き下がってくださいました。しかし、わたしが柳亭一角と知った以上は、このままではすみません。わたしにはもちろんのこと、杵屋には出版差し止めの申し立てをなさるかもしれません」

「だが、小四郎殿は戯作者として生きていかれる道を選んだのでござろう」

「その通りです」

「戯作者というのは、今回に限らず、時には公儀の目も撥ね退けねばならぬのではないのですか」

平九郎の問いかけに、

「おっしゃる通りです。まさしく、戯作者は公儀や世の中に時に抗してまでも、貫かねばならないものがあると覚悟しております」

小四郎は答えた。

「その覚悟があれば、わたしは何も言わない。それは杵屋半蔵とて同じだろう。たとえ、箕輪、前川に責め立てられようが、決して屈しはしないだろう。小四郎殿も逃げはするまい」

平九郎は断じた。

「むろんです。今夜、わたしははっきりと決意しました。戯作者として生きてゆくことを」

ひ弱な若侍であった小四郎が目を瞠《みは》るような逞《たくま》しさを示している。父の死と仇討ちが小四郎を成長させたようだ。

「わかった、小四郎殿、いや、柳亭一角先生、しっかりな」

声を大きくして平九郎は激励した。

「はい」

小四郎は破顔した。

「それはともかく、今回の一件、捨ておけぬぞ。が、悪い事ばかりではなく、ひょっとしたら、戯作の題材にもなるかもしれない」

「そうですよね」

俄然《がぜん》、小四郎の目が輝いた。

「現金なものだな」

平九郎は笑った。

「それくらいの図々しさがないと、この世界では生きてゆけませぬ」

頭をかき小四郎は照れたが、その目は断固とした覚悟に彩られている。

「なるほど、柳亭一角、その調子だ。偉いぞ」

平九郎も賞賛の声を送った。

「まあ、父が耳にしたら、憤怒の形相となるでしょうが」

小四郎は頭を掻いた。

「それにしても、若田先生は何故、技量も気力も衰えておらぬのに、熊谷殿は隠居を勧めたのであろうな。熊谷殿が道場主となりたかったのだろうか」

平九郎の思い付きを小四郎は否定し、

「そんなはずはありません。熊谷殿は清廉《せいれん》なお人柄、父を押し退けて自分が道場主になりたいなどと戦国の世の下剋上《げこくじょう》めいた行いなどはなさるはずはござりません。それに、道場の主となったところで、なんら利はございませんからな。道場を御覧になればわかります。申しては何ですが父は無欲、金儲けとは無縁でした。稽古料は門人の志次第。払えぬ者からは受け取ろうとしませんでした。道場主になったところで得などなかったのです」

小四郎の言う通りであろう。

「では、やはり、熊谷殿は若田先生の身を案じて隠居を勧められたのか」

平九郎の推量に、

「そうだったのだと思います」

肯定したものの小四郎は判断がつかないようで、声音は曇っている。

「しかし、技量も気力も一向に衰えておられなかったのだぞ」

平九郎は服部の目撃談と、たった今聞いた前川の体験談を持ち出した。服部は隠居を迫る熊谷と小兵衛は互角に立ち会ったと言っていた。前川に至っては小兵衛の隙のなさ、神業のような技量を実際に確かめたのだ。

三

四日後の師走五日、平九郎は上屋敷の奥座敷で佐川と面談に及んだ。

朝からみぞれが降る厳寒の昼下がり、八畳の座敷に火鉢が一つでは寒さひとしおだが、佐川は普段通り小袖を着流し、素足という元気さだ。江戸っ子の粋《いき》を気取る佐川ならではだろう。

「これ、面白いぜ」

佐川は柳亭一角の、「若田小四郎仇討ち回国記」を持参した。脇には付録だという錦絵も添えられていた。派手な色使いで描かれた若田小四郎は凜々しいばかりの若武者、仇役の熊谷格之進ならぬ熊沢陽之進は髭面の悪党に描いてあった。

熊沢陽之進の背後で小さく描かれている三人の旗本が箕輪幸吉郎、前川伝兵衛、服部与三次であるのは確かめるまでもなかった。

「第一巻はな、小四郎が父親を殺されてから仇熊沢陽之進を探し求め、中山道《なかせんどう》を行くのだ。中山道の旅の途中、木曽《きそ》の山中で山賊を退治し、蟒蛇《うわばみ》も退治するのだ。この蟒蛇退治がな……」

佐川は気を昂らせながら立ち上がった。

蟒蛇とは人間も一呑みにする巨大な蛇のことだ。なんでも呑むため、底なしの酒飲みを蟒蛇と称したりもする。

帯に差した扇子を使って佐川は小四郎と蟒蛇の対決を演じて見せた。

「小四郎はな、わざと蟒蛇に呑み込まれるんだ。でもって、蟒蛇の体内で大暴れをする」

佐川は小四郎が蟒蛇の体内で暴れ、ついには胃を斬り破って退治した様子を語った。

「獅子身中《ししんちゅう》の虫ってわけだな。二巻目は京の都を目指す途中、琵琶《びわ》の海の畔で大ムカデを、都では禁裏《きんり》に棲みつく鵺を退治するのだそうだ。二巻目が楽しみだ」

佐川は語り終えた。

意に反して平九郎がなんの感動もしていないため不満そうに鼻を鳴らした。

「で、用向きは」

佐川に問われ、法生寺で起きた服部殺し、更には熊谷の実父木村勘十郎殺しを語った。

「三人とも背中をばっさりです」

平九郎は言い添えた。

佐川は真顔になり、

「なるほど、こりゃ偶然とは思えないな。熊谷の仕業だとしたら、熊谷はよっぽど卑怯極まりない男ってことになるが、平さんも小四郎も熊谷は立派な剣客であると見ているし、剣の技量も相当なものなのだろう。若田小兵衛と並ぶ剣豪だ。そんな熊谷が何故、背中を斬ったのか、そこが腑《ふ》に落ちないんだな」

と、確かめた。

そうです、と平九郎は答えてから、

「熊谷殿の仕業にしては腑に落ちないということもありますが、若田先生が背中を斬られた、というのも疑問を感じます」

と、前川が不意打ちで背中に木刀で斬りかかった一件を披露した。

「ですからたとえ、不意をつかれたとしても、むざむざと一刀の下《もと》に仕留められるはずはないのです」

「そっちの方も謎めいているってことだな。こりゃ単なる仇討ちじゃなくって、とんだ判《はん》じ物になってきたかもしれねえな。いやいや、面白がっている場合じゃねえな」

佐川は表情を引き締めた。

「それで、思ったのですが、お三方を斬った下手人は同じ人物、と言っても熊谷殿ではない、と思うのです」

「すると、その者は若田小兵衛、木村勘十郎、服部与三次を見知っておる、ということになるな」

佐川は顎を掻き、これは面白くなってきた、とほくそ笑んだ。

「で、平さん、誰か見当をつけているんじゃないのか」

と、言ってから佐川は膝をぽんと叩き、

「こりゃ、いけねえ、火盗改に頼んで得た調べ書きがあったんだ」

佐川は懐中《かいちゅう》から帳面を取り出した。

「さすがに、火盗改の調べ書きを預かるわけにはいかねえから、必要なところだけ抜き書きをしてきたんだ」

それは、渡りの耕太一味による旗本屋敷押込みを火盗改が調べたものであった。全部で三件の記録があり、これらの他にも何軒もの旗本屋敷が耕太一味に襲われているが、表沙汰にはなっていない。

「やはり……」

平九郎は呟いた。

佐川はうなずく。

三件の旗本屋敷はいずれも新番方を務める旗本で、耕太一味は押し込むとその屋敷の侍の何人かを殺したのだが、いずれも背中を斬っているのだ。

「平さん、三人を殺したのは渡りの耕太一味だって考えているのか」

「怪しいですよ」

「そりゃ、そもそも耕太一味は怪しい連中だがな、それにしても、奴らは盗人だ。人殺しは手段であって、目的じゃない。あくまで金目当てなんだよ。若田小兵衛、服部与三次、そして木村勘十郎殺しには盗みは絡《から》んでいないぞ。耕太一味が三人を殺す理由がない。耕太一味が怪しいのは背中を斬られているってだけのことだ」

佐川は冷静に言った。

その通りである。

「やはり、耕太一味が下手人と考えるのは無理がありますね。焦る余り、見当はずれのことを言ってしまいました」

反省の弁を述べた平九郎に、

「草双紙にも影響されているんじゃないかい」

佐川はからかった。

「かもしれません」

平九郎は自分の頭を叩いた。

「箕輪と前川は耕太一味を成敗する、と息巻いているんだろう」

佐川に言われ、

「そうなんです」

平九郎は言った。

「あの御仁《ごじん》たちなら、そりゃ、捨てておけないだろうよ。直参旗本の面目にかけて一味を追うだろうぜ」

「それもそうなのですが、まずいことに小四郎殿が柳亭一角だと、わかってしまいました。参りました」

平九郎は危惧《きぐ》した。

「何も平さんが落ち込むことはないよ。小四郎の責任で乗り越えなきゃな。戯作者っていうのはな、お上から咎められたり、様々な言いがかりをつけられて一人前なんだ。小四郎も一人前の戯作者になったって証《あかし》さ」

佐川は生来の楽天的な見通しを語った。

「それはそうかもしれませんが……」

平九郎は言葉を濁した。

「くよくよしたって仕方ないよ」

佐川は言った。

「しかし、箕輪殿も前川殿も大内家を公儀に訴えるかもしれません。そうなると、厄《やっ》介《かい》です」

平九郎の心配を、

「草双紙にどんな風に描かれたって、それで面目を失いましたって、そんなみっともないことをするもんか。もし、そんなことをしようっていうんなら、おれが交渉してやるさ」

いつものように佐川は任せておけ、と胸を叩いた。

すると、家臣がやって来て平九郎に耳打ちした。

「噂をすれば影、ですよ」

平九郎は箕輪幸吉郎と前川与三次が乗り込んで来たと告げた。

「矢代殿が応対するそうです」

箕輪と前川は藩主盛義に面談を求めたが、盛義は病だとして江戸家老矢代清蔵が会うことにした。箕輪と前川は不満そうだったが前触れもない急な訪問の非礼を思い、それで納得したそうだ。

「のっぺら坊殿なら、心配ないと思うが、念のため、おれも顔を出すよ。平さんはここに居てくれ。あいつらを刺激しない方がいいからな」

佐川は請け合った。

のっぺら坊とは大殿盛清が名付けた矢代のあだ名である。何が起きても喜怒哀楽を顔に出さない矢代の無表情さをからかっての命名である。

佐川は平九郎を残し、客間へと向かった。

四

客間では羽織、袴姿の箕輪と前川がいかめしい顔で肩を怒らせ、矢代と対面をしていた。

裃《かみしも》に威儀を正した矢代は例によって無表情である。

前川が苦々しい顔で、

「申したように、断固とした抗議にまいったのだ」

と、胸をそらした。

箕輪が矢代に、

「御家老、大内家中の者が我ら直参の沽券《こけん》に関わることをしてくれた。下らぬ草双紙にて我らを悪し様に書き立てたること、三河以来の直参、断じて許しがたい。先祖に顔向けが、いや、神君家康公《しんくんいえやすこう》に対して顔向けができませぬ。この責任、大内家においてはどのようにお取りになるおつもりか」

と、一気に捲し立てた。

対して矢代は顔色一つ変えずに返した。

「若田小四郎は当家を離れております」

これには前川が嚙みついた。

「それは、逃げと申すもの。我らに柳亭一角であることが知られ、慌てて大内家を離れたのだ。それを以って、大内家とは関わりがない、と言い逃れるのは卑怯千万ではござらぬか。よもや、藩主山城守さまがそのような卑怯な振る舞いをお許しになるはずはござらぬであろう」

居丈高《いたけだか》な前川の物言いを正面から受け止めて矢代は返した。

「そう申されても、御家とは関わりのないこと。実際、若田小四郎が草双紙の戯作者など当家も存ぜぬことでござった。むろん、山城守さまもご存じないことでござる」

「怪しいものだな」

「前川殿、それは言葉が過ぎるのではございませぬか」

「言葉が過ぎるとは思わぬ。大内家が知らぬ存ぜぬで、言い逃れるのであれば……」

前川は箕輪を見た。

箕輪は矢代を見据え、

「しかるべき手段に訴えますぞ」

と、言い放った。

「しかるべき、とは」

矢代は動じない。

「出る所へ出る！」

前川が怒鳴った。

対して、

「出る所とは……評定所《ひょうじょうしょ》ですかな」

顔色一つ変えず矢代は淡々と問い直した。

「決まっておろう」

真っ赤になって前川は断じた。

「承知しました。評定所へ訴えてくだされ」

矢代は決して意地になっているわけではない。淡々と事務的な様子で返した。これが前川の更なる怒りを誘った。

「おのれ！」

前川は憤怒の形相となった。

腰を浮かし、今にも刀を抜かんばかりの勢いとなった。それでも、右脇に置いた大刀には手を伸ばさない。怒りに任せた暴発は自滅を誘う、とさすがに前川はわきまえている。

前川は矢代を睨みながら浮かした腰を落ち着かせ、落ち着こうとしてか深呼吸を繰り返した。座敷の中の空気が張り詰めた。

すると、ぴんと張られた緊張の糸を絶つような、

「御免よ」

と、声がかかり佐川が飄々とした様子で入って来た。殺伐《さつばつ》とした席に場違いな派手な着流し姿で佐川は矢代と箕輪、前川の間に座した。あぐらをかいたため、裾の隙間から紫の下帯が覗く。佐川は、これはいけない、と正座をした。

箕輪が、

「また、貴殿か」

と、顔をしかめ、

「佐川氏、今、大事な話をしておるのだ」

前川も批難がましい物言いをした。

「そりゃ、すまなかったな。部屋の外にまで聞こえるような大声だったぞ。こりゃ、物見高いおれさまとしちゃあ、嫌でも気にかかるってもんだ」

佐川は右手をひらひらと振った。

「余計なことだ。貴殿とは関わりない」

箕輪が不快感を示した。

「あいにく、おれはお節介でね。火事と喧嘩は大好きなんだ」

佐川は動じない。

「我ら、喧嘩などしておらぬ」

箕輪はぶっきらぼうに返した。

「へ〜えそうかい。でもな、大きな声で出る所へ出る、なんて台詞《せりふ》を言うってことはな、喧嘩以外には使わないと思うがな。少なくとも世間話じゃないだろう。それに、評定所って言葉も聞こえたけど……まさか、あんたら大内家を評定所に訴える気じゃないだろうな」

二人に言ってから佐川は矢代に向き、

「のっぺら坊殿、揉め事っていうのはなんだい」

と、知っていながら問いかけた。

矢代は箕輪と前川の小四郎の草双紙に対する抗議を淡々と説明した。

「なんだ、そんなことかい」

佐川は両手を打ち鳴らした。

「そんなこと、とはなんだ」

前川は憤りを示した。

佐川は笑顔のまま、

「前川さん、あんた、大人気《おとなげ》ないってもんだよ」

「そんなことはない。武士の体面に関わることだ。佐川氏とて、武士の面目というものがござろう。我ら武士の面目を穢されたのじゃ」

前川はどこまでも主張を曲げない姿勢である。

「大袈裟《おおげさ》だねえ」

からかうように佐川は嘲笑を放った。

箕輪と前川は険しい顔となり、佐川に抗議しようとした。

すると佐川も表情を強張《こわば》らせ、

「ならば、その武士の恥辱《ちじょく》を評定所で晒《さら》すのですな。三手掛《さんてがかり》として、町奉行、大目付、目付に対し、訴状を提出する。証として柳亭一角の若田小四郎仇討ち回国記も添えねばならんのですぞ。新番頭、組頭の要職にある貴殿らの訴訟とあって御老中も陪席《ばいせき》なさるかもしれないねえ。するってえと、公儀のお偉方や畏《おそ》れながら上さまのお耳にも達しようというわけだ。草双紙に怒るお方もおられるかもしれねえが、こんな下らぬことで評定所を煩わせおって、とあんたらに不快感を示すお方もおられるかもしれねえよ。それにさ、今はいかにも間《ま》が悪いってもんだぜ」

佐川は矢代を見た。

矢代は佐川の心中を察し、

「そうですな。今、新番方の直参屋敷は渡りの耕太一味に好き放題に荒らされておりますな。そんな最中に訴えるような内容であろうか、と顔を歪ませるお方も出て来るんじゃないのかなあ」

と、顎を掻き掻き箕輪と前川に視線を向けた。

箕輪と前川は口の中をもごもごとさせた。

「そうは、思わないかい」

佐川は畳みかけた。

「しかし……」

前川は躊躇いを示した。

「不服だろうが、ここはもっと巧い手打ちをしたらどうだ。評定所なんてお堅い所に訴え出るんじゃなくって、和解の道を探るのが上分別《じょうふんべつ》ってもんだと、おれは思うがなあ。なあ、箕輪さん」

佐川は勧めた。

箕輪がムッとし、

「金か……思い違いをしてもらっては困る。我ら、銭金欲しさにこちらに押しかけたのではない」

「その通りでござる。直参旗本新番組頭前川伝兵衛、渇《か》しても盗泉《とうせん》の水を飲まず、である。銭や金なんぞで転ばぬ」

むきになって前川も言い立てた。

佐川は首を捻りながら、

「まったく、あんたらは頭が固いねえ。おれなら、金を喜んでもらうけどなあ。銭金が嫌なら、花膳で飲み食いさせてもらうよ。今の時節、鮟鱇鍋《あんこうなべ》が美味《うま》いしな、御禁制の河豚《ふぐ》だって食べられるってもんだ。河豚は鍋にしてよし、薄造りにしてよし、ちゃんとした料理人が包丁を使えば、肝《きも》をちゃんと除いてくれる。たまらねえぜ。薄造りなんかな、そらもう透《す》けて見えるんだ。生まれて初めて食った時は恥をかいたもんだよ。伊万里焼《いまりやき》の見事な大皿に盛りつけてあったんだが、透けているから、皿の絵柄しか見えなくってな、空《から》の皿を出すなって、文句を言ってしまったぜ。でもな、身は薄いが歯応えがあって、噛むほどに甘味がじんわりと滲み出てな……ああ、いけない。生唾《なまつば》が出てきやがった」

一人悦《えつ》に入って横道にそれる佐川を箕輪と前川は呆れたように見返した。やがて、佐川は二人の視線に気づき、

「ま、それはいいとして、銭金で決着をつける、なんてのは野暮《やぼ》ってことはおれもわかる……あんたら、草双紙に腹を立てていなさるんだろう」

長広舌《ちょうこうぜつ》を振るってから佐川は箕輪と前川に問いかけた。

「そうだ。何度も言わせるな」

前川は顔を真っ赤にして言い返した。

佐川はうなずくと、

「なら、草双紙で落着をつければいいんだ。つまりさ、柳亭一角先生にあんたらの血

沸き肉躍る大活躍を書いてもらうんだよ」

と、笑みを送った。

「我らが草双紙に……」

箕輪と前川は顔を見合わせた。

「そんなことを申しても、柳亭一角、いや、若田小四郎は我らを悪役に……ひどい悪に描いておるのだ。それが、今更、若田小四郎の敵役から味方に描き変えられるのか。いくら絵空事の草双紙といえど、無理やり過ぎるのではないか」

前川は疑問を呈した。

「だからさ、そこがあんたらの頭の固いところなんだよ。いいかい、若田小四郎仇討ち回国記とは別の話だよ。別の話であんたらを英雄に仕立ててもらうんだよ」

「そんな調子のいいことを申すな。我ら、絵空事の行いなどはしておらん」

前川は横を向いた。

「ありもしない架空の話を草双紙にでっち上げることには躊躇いがある」

箕輪は渋面《じゅうめん》となった。

佐川は当然のような顔で言った。

「格好の材料があるではないか」

箕輪と前川が首を傾《かし》げると佐川は矢代に、

「なあ、堅物ののっぺら坊殿だって耳にしているだろう」

と、同意を求めた。

「渡りの耕太一味成敗ですな」

矢代は言った。

「その通りだ。あんたら、耕太一味を成敗しようって腹なんだろう。だったら、とっととやっつけて、それを杵屋に売り込めばいいじゃないか。新番方の面目を施したってことで公儀のお偉方の覚えはめでたくなり、箕輪幸吉郎と前川伝兵衛の武名《ぶめい》は江戸中に鳴り響くってもんだぜ。柳亭一角先生だって、あんたらを悪役に描いた後ろめたさがあるだろうから、罪滅ぼしってことで、大いに筆を振るうってもんだ。どうだい。この考え、乗らねえ手はないってもんだぜ」

どうだ、と佐川が言うと、

「しかし、未だ耕太一味の行方はわからぬ。成敗したいのは山々なれど、行方がわからぬことにはな」

言い訳めいた言葉を口にしながらも箕輪は真剣に考え始めた。

「そこが難題だが、見つけ出したなら」

前川も乗り気のようだ。

「一味探索については、おれも力になる」

佐川は申し出た。

自信たっぷりの口ぶりに、

「それはかたじけない」

箕輪は頭を下げた。

「なに、武士は相身互《あいみたが》いだ」

佐川は胸を張った。

「となると、こうしてはおれませぬな」

前川は箕輪に語りかけた。

「そうであるな」

箕輪も帰ると立ち上がった。

ここで、

「これは、お茶も出しませぬで」

矢代が言った。無表情ながら声音に皮肉が混じっていた。

「いや、御多忙のところ、押しかけて申し訳なかった」

乗り込んだ時の居丈高《いたけだか》さとは一転、箕輪は恐縮の体《てい》となった。

「まこと、無礼なことでした」

前川も詫びた。

矢代は軽く頭を下げた。

箕輪と前川は退去した。

二人がいなくなってから矢代は佐川に礼を述べ立てた。

「いや、礼なんざ、いいが、それよりも、耕太一味だな」

佐川は顎を掻いた。

「佐川殿、本気で耕太一味の行方を追うのですかな」

矢代が問いかけると、

「箕輪と前川を追い払う方便で言ったんだが、新番方ではないにしても、おれも旗本の端くれだからな、放ってはおけぬよ。だが、皆目《かいもく》、行方がわからないとあってはなあ。探すのを任せろ、なんて大言《たいげん》を吐いてしまったが、さてどうしたものか。旗本屋敷を覗いて渡り中間《ちゅうげん》どもを訪ね歩くのも大変だ。それに、近頃では公儀からのお達しで渡り中間どもの身元を確かめろってうるさいからな。今でも、耕太一味が旗本屋敷に紛れ込んでいるとは思えないぞ。それにしても、新番方ばかりを狙うとは、新番方に恨みでもあるのか」

佐川は首を傾げた。

「まこと、どうしてなのでしょうな。恨みを抱いたとすれば、よほどに根深いのでしょうが」

矢代も疑問を深めた。

「そこいらあたりが探索の鍵なのかもしれんがな」

佐川は顎を掻いた。

五

その一時《いっとき》後、小四郎は物置小屋を改修した書斎に杵屋半蔵の訪問を受けていた。みぞれは上がったが寒さは変わらない。底冷えのする昼下がりであった。

「いやあ、凄い剣幕でしたよ」

半蔵は箕輪と前川が怒鳴り込んできた経緯を語った。

「迷惑をかけたな」

小四郎はぺこりと頭を下げた。

「まあ、それはいいんですよ。慣れっこですからね。この商い、お上や世間の評判を気にしていたらできませんからね」

　半蔵は逞しい。

「その通りだ。わたしも、いかなる抗議を受けようと、戯作の仕事に邁進《まいしん》するつもりだ。わかったな」

　小四郎は決意を示した。

「ほんと、いいんですか。御家を辞されてしまって……まあ、今更、後悔しても遅いですけど」

　半蔵が案ずると、

「武士に二言《にごん》はない……あ、いや、最早《もはや》、武士ではないが」

　自嘲気味な笑みを浮かべ小四郎は小さく息を吐いた。

「すると、ここも出て行かなければなりませんよね」

　半蔵に言われ、

「それはそうだな。本当は、すぐにも引っ越さねばならぬのだが、大内家の好意に甘えておる。どこか手頃な家はないか」

　小四郎が問うと、

「そうですな」

半蔵は思案をした。

「まあ、考えておいてくれ。と言っても、いつまでもここにいるわけにもいかんのだがな。いやあ、浪人してみるとやらねばならぬことが沢山《たくさん》あるな」

小四郎は言った。

「そうだ。女房を持ちなされ。身の回りの世話をしてくれる女がいるのといないのとでは仕事のやり甲斐も違ってきますよ」

賢しらに半蔵は言い立てた。

「それはそうだが……」

小四郎は思案した。

「どなたか、いい女、いないんですか」

「おらぬ」

「そりゃいけませんよ。わかりました、そっちの方も、あたしが一肌脱ぎますよ」

胸を叩いて半蔵は請け負った。

「すまぬな」

小四郎は軽く頭を下げた。

「先生はやはり戯作者向きですよ。お武家さまには勿体ないですよ」

「勿体ないとは思わぬがな、わたしは、落伍《らくご》したのだからな。それより、箕輪殿、前川殿、大内家を相手取っていさかい事を起こすのではないだろうかな」

「起こしたって、先生とは関係ありませんよ」

「それはそうだが、やはり、気が咎める」

「気になさらないことですって。いいですね、気にしたらきりがありませんから」

半蔵は釘を刺した
「おまえくらい、面《つら》の皮が厚くあればいいのだがな」

「これは、ご挨拶ですね」

半蔵は声を上げて笑った。

「ともかく、これで後戻りはできぬ。腹を括《くく》ったからには、筆一本だ。刀を筆に持ち替えるからな」

「逞しいお言葉ですな」

半蔵は大きくうなずいた。

「さて、今後の展開であるがな」

「ですから、虎退治の椿さまを登場させない手はありませんよ」

「そうか……う～む……」

困ったと言いながらも小四郎は創作意欲をかき立てられたようだ。

「こりゃ、傑作《けっさく》になりそうだ」

半蔵もうれしそうだ。

「よし、書くぞ、と言いたいのだがな……」

小四郎は浮かない表情を浮かべた。

「どうしたんですよ。ネタ切れですか」

半蔵に指摘され、

「そうだな。なんだか、同じことの繰り返しになっているからな。妖怪だろうが盗賊だろうが、相手変わって主《ぬし》変わらず、だからな」

「それがいいのですよ。読み手は若田小四郎がどんな敵であれ、倒すのが楽しみなんですよ。ですから、極端なことを言えば若田小四郎が出て来さえすればいいんです」

強い口調で半蔵は言った。

「そんなもんかなあ」

小四郎は首を捻った。

「そうですよ。ですから、先生、自信を持って書いてくださいな」

「自信がないわけではないが……どうも気になることがあるのだ」

「なんですよ」

「耳にしたことがあるだろう。渡りの耕太一味のこと」

小四郎は言った。

「聞いてますよ。旗本屋敷、五番方の旗本屋敷にばかり盗みに押し入っておる盗人一味ですな」

「耕太一味、どうして新番方を襲うのだろう。何か恨みがあるのか。そなた、興味を抱かないか」

小四郎は疑問を投げかけたが、

「さあ、どうでしょうな」

意外にも半蔵は乗り気を示さなかった。

「なんだ、つれないな」

期待が外れ小四郎は声の調子を落とした。

「読み手がありますかな」

半蔵は言った。

「そりゃ、興味を示す者は多いのだと思うが、違うのかな」

小四郎は首を傾げた。

「庶民には関係ございませんからな」

素っ気なく半蔵は言った。

「そうかな、時事のネタ、流行に敏感であれ、とは戯作者の心得なのではないのか」

「その通りですが、民に受けるもの、受けないもの、というものがござりますぞ。仇討ちは仮名手本忠臣蔵《かなでほんちゅうしんぐら》の例もありますように武士も町人も男も女も年寄りも子供も万人《ばんにん》に受けるのです。ですが、旗本屋敷ばかり狙う盗人というのは、結局、町人には無関係な世界の物語でしかありませんよ」

半蔵は否定的である。

「そういうものかなあ。わたしは、日頃、侍に対して鬱憤《うっぷん》を抱いておる町人からすれば、快哉《かいさい》を叫ぶ者がおるような気がするぞ。おまえのところの読売は取り上げていないが、他の読売屋は書き立てておるではないか」

小四郎が言うと半蔵は苦い顔となり、

「実を言うと乗り遅れたのですよ」

と、投げやりな態度となった。

「というと……」

小四郎は首を捻った。

「他の読売屋が先に書き立てましたのでな、あたしはやる気が失せたのですよ。だってそうでしょう。こういうのは、新しいネタを仕込んでそれを他に先駆けて、出し抜いて世に問うのがあたしらの心意気なんですからね。先を越されたネタを焼き直したって、本当につまらないですよ」

半蔵は両手を拡げた。

「そんなものか……」

小四郎は首を傾げた。

「先生もこの世界で生きていくって決めたんですから、他の戯作者がやらないような話を書いていかなきゃいけませんよ。それには、毎日、貪欲なネタ拾いが大事ってもんですがね」

訳知り顔で半蔵は言い立てた。

「わかったよ」

小四郎は返事をしたものの、いま一つ乗り気になれなかった。

「先生、浮かない顔をなすってはいけませんよ。いいですか、この世界、立ち止まったらお仕舞《しまい》ですからね」

半蔵は厳しい。

「わかった、わかった」

小四郎はごろんと横になった。

天井の節穴を見る。

ぼうっと思案を巡らすうちにやおら起き上がった。

「こういうのはどうだろうな」

「なんです……」

半蔵は見返した。

「戯作者自身が事件を探索し、その様子を物語にするんだ」

小四郎が言うと、

「それは面白そうですが、先生が探索なさるような一件なんかあるんですか……」

問いかけてから、

「探索って言ってもちんけな盗みとかじゃいけませんよ」

と、言い添える。

「そんなものではない。殺しだ」

小四郎は言った。

「殺し……」

　半蔵の目が光った。

「三人の殺しなのだ」

　小四郎は若田小兵衛、木村勘十郎、服部与三次殺しについて語った。

「ですが、若田さまはお父上ですよね。それは、熊沢陽之進、つまり熊谷格之進さまの仕業《しわざ》で決まりでしょう。だから、先生は仇討ちをなさったんですから」

　半蔵はどういうことですか、と問いかけた。

「それは、草双紙に書いたのとは異なるのではないか、と思える事実が出て来たのだ。これは、わたしとしては真実を探り出さないではおけないのだ」

　切実な問題だと小四郎は言った。

「お気持ちはわかりますが」

　半蔵は黙った。

　それは、あんまり深入りしない方がいいのではないか、という忠告のような気がした。それでも、小四郎は続けた。

「戯作者が自ら探索をして、それを草双紙にすれば、現実味が増すぞ」

　半蔵は小さく首を左右に振り、

「現実味が増す分、面白さが減ります」

「だが、そなた申したではないか。世間の耳目《じもく》を集めた事件、出来事を物語にすると受ける、仮名手本忠臣蔵、曽根崎心中《そねざきしんじゅう》がよい例だと……」

「申しましたが、仮名手本忠臣蔵にしても曽根崎心中にしても、作者は事件を探索して書いたわけじゃありませんよ。曽根崎心中は近松門左衛門《ちかまつもんざえもん》先生の想像逞しさで評判を取ったのです。忠臣蔵にしたって、赤穂浪士《あこうろうし》の吉良邸《きらてい》討ち入りから何十年も経て、色々な物語を事件に織り込むことで面白くなったんですよ」

　ここぞとばかりに半蔵は言い立てた。

「それは、そうかもしれんがな……」

　わかったような言葉を返しても小四郎が不満そうなのを半蔵は見て取り、続けた。

「先生、事件の探索に夢中になってしまいますと、事実に囚《とら》われる余り、作り話が書けなくなりますぞ」

「そんなことはない。わたしも戯作者の端くれだ」

　小四郎は自信を示した。

「でも、話はつまらなくなるような気がしますな。それに、先生の身が心配です。探索は危ないことに遭遇するかもしれません。事件の真実を明らかにされたくない者たちによって……」

小四郎は言葉を止めた。

「わたしも斬られる、と申すか。背中をばっさり……いや、わたしは未熟ゆえ、わざわざ背中を斬るまでもないか」

小四郎は笑った。

「冗談を言っておられる場合ではなくなるかもしれませんよ」

目を凝らし半蔵は諫めた。

「おまえだって、読売を出すに当たっては記事に関係した事柄を調べるだろう」

小四郎は言い立てた。

「それはまあ、多少は……ですが、聞き込みの際には多少の銭や金をつかませますからね。それに、相手は事件に関わった者たちじゃなくって、そいつらの身内とか知り合いですから。危ない連中には話を聞きませんよ」

半蔵はくどいくらいに反対した。

「わかったよ」

ひとまず、納得しておこうと小四郎は半蔵の忠告を受け入れた。

「では、これで」

半蔵は安堵の表情で帰ろうとした。

すると、

「許せよ」

野太い声と共に引き戸が開き、前川伝兵衛が入って来た。箕輪幸吉郎も一緒である。

第四章　戯作三昧《げさくざんまい》

一

　箕輪と前川が入った。

　挨拶もそこそこに半蔵は出て行こうとした。それを前川が制する。

「ええっ……箕輪さまも前川さまも一角先生に御用なんでしょう。あたしがいたらお邪魔ですよ」

　へへへ、と半蔵は媚《こ》びた笑顔を取り繕った。

「おまえが居《お》れば話は早いのだ」

　前川は半蔵に座れと強い口調で命じた。渋々といったように半蔵は腰を落ち着ける。

　箕輪と前川もどっかと腰を据えた。前川が部屋を見回し、

「雑然としておるな……これで、面白い草双紙が書けるのか」

と、非難めいた言葉を投げかけた。

文机の上は書物が積まれており、周囲には書き損じの紙屑が散乱している。書物は文机以外にもあちらこちらに山積みにされていた。確かに快適さとは無縁で整理整頓を要する。

小四郎は口を閉ざしたまま身構えている。小四郎に代わって半蔵が切り出した。

「勘弁してくださいよ。あたしはね、御直参《ごじきさん》からいくら抗議をされようと、筋を曲げませんからね。これでもね、読売と草双紙にこの身体を張ってきてるんです。御奉行所から咎められたのも一度や二度じゃございませんよ。文句があるのでしたら御奉行所に訴えて出てくださっても結構ですからね」

腹を括ったようで半蔵は箕輪と前川に啖呵《たんか》を切った。すると、前川は苦笑いを浮かべ、

「思い違いを致すな。我ら、抗議にまいったのではない」

箕輪も、「うむ」と顎を引いた。

気を張っていただけに半蔵は拍子抜けをして、

「……っておっしゃいますと」

口を半開きにして小四郎と顔を見合わせた。

「すると、御用の向きは……」

と、小四郎が前川に問いかけた。

「小四郎殿、いや、柳亭一角先生、我らを草双紙に描いて欲しいのだ。若田小四郎にも負けぬ勇者にな。もちろん、ネタはある。渡りの耕太一味の成敗だ。どうだ、これなら大勢の読み手がつくのではないか」

照れがあるのか前川は早口に捲し立てた。

「ほう、渡りの耕太一味の成敗ですか。お二方、一味を成敗なさったのですか」

小四郎は驚きの表情となった。半蔵も興味を引かれたようで帯に提げた帳面と矢立を取った。

「それはまだだ」

前川の声が萎《しぼ》んだ。

あまりに正々堂々たる物言いだったため、小四郎は鼻白み、半蔵はがっくりと肩を落としてしまった。

半蔵は帳面と矢立を脇に置いて前川に向き、

「まだって……そりゃ、いくらなんでも草双紙になりませんよ。いくら絵空事って言ってもですよ、実際にあった出来事の方が読み手の関心を引き付けるんですよ。人形浄瑠璃《じょうるり》や歌舞伎だってそうでしょう。仮名手本忠臣蔵、曽根崎心中、当たった作品は実際の御家の御取り潰しや心中を浄瑠璃や芝居に仕立てているんですからね」

と、持論を展開した。

「そんなことはわかっておる。よって、実際に我らが耕太一味を成敗した後に、草双紙を刊行すればよい。ただ、江戸の野次馬どもは移り気じゃ。よって、世間が耕太一味成敗で湧き立っておるうちにすぐさま読めるようにした方がよかろう。それには、今のうちから書き上げる備えをしておくべきだ。いわば、我らは親切心で申し出ておるのだ」

いかにも恩着せがましく前川は言葉を重ねた。

「なるほど、確かに一理《いちり》ございますね」

小四郎は二度、三度うなずいた。

対して半蔵はあまり乗り気ではない様子である。

「半蔵、どうした、浮かない顔で」

前川が指摘すると、

「おっしゃるように今から備えておけば、そりゃ、一角先生も草双紙に仕立て上げやすいし、あたしもすぐにも刊行できるでしょうがね、箕輪さまと前川さまが耕太一味を成敗するって保証はありません。いえ、お二方の技量を疑っているわけじゃござんせんよ。かりに、耕太一味を成敗できたとしましても、それがいつになるのか、皆目見当もつかないですからね。捕らぬ狸の皮算用《かわざんよう》になりはしないかと、商いの算盤《そろばん》が弾けませんや」

半蔵は冷静に言った。

「痛いところをついてきたのう。むろん、我らとて闇雲《やみくも》に申しておるのではない。ちゃんとした算段あってのことなのだ」

前川は返した。

「まことですか」

小四郎は声を大きくした。

「武士に二言《にごん》はない」

箕輪が静かに言った。

箕輪と前川の自信のありようは生半可《なまはんか》なものではない。

「こいつは驚きましたね」

現金なもので半蔵は揉み手をした。

次いで、

「これまで、渡りの耕太一味ネタは他の読売屋に先を越されていましたが、箕輪さまと前川さまが一味を退治してくだされば……」

へへへへっ、と下卑《げび》た笑いを浮かべた。

「現金な奴め」

前川は笑った。

「読売屋とか草双紙屋はそうしたものでございますよ。臨機応変《りんきおうへん》に都合良く立ち回らなければ読み手は摑めません」

開き直りであるが読売屋、草双紙屋の矜持《きょうじ》でもあるようだ。

「退治するあてはどのようなものなのですか」

小四郎が問いかけた。

「わしらも、地道な夜回り、探索を続けておったのだ。服部は一味に消されたようだ」

箕輪は意外なことを言った。

「まことですか」

問い直したものの小四郎はやはりそうだったのかと思った。

続いて前川が、

「それがな、我らも思いもかけなかったのだが、服部の細君《さいくん》から知らされた話があったのだ」

服部与三次の屋敷に弔問《ちょうもん》した際に服部の妻の話を聞いたのだそうだ。

「服部が殺された日のことだったのだがな、細君に服部は耕太一味のねぐらを見つけた、と告げていたのだ」

前川の話に、

「ほう、服部殿が……服部殿は耕太一味の居所を探索しておられたのですね」

意外な思いで小四郎は訊いた。

「服部は新番方の体面を貶める耕太一味への憎しみを募らせておったからな」

前川は答えた。

「お一人でいかにして探し当てたのでしょう」

草双紙に書くとすれば、気にかかる点である。

「さて、具体的な服部の動きはわからぬ。細君にもそんな細かいことまでは申しておらなかったようだ」

前川が返すと、

「細かいこととは思いませぬが……服部殿はどのような探索をなさっておられたのでしょう。是非とも知りたいですが、今となってはわかりようがござりませぬな」

小四郎が残念がると箕輪が鼻白み、

「戯作者というのは疑り深いのう」

と、ぷいと横を向いた。

「疑っておるのではありません。信じられないのです」

返してから、小四郎は自分の言葉の矛盾に気づいた。慌てて取り繕うように続ける。

「いえ……その、もし服部殿が耕太一味のねぐらに行ってくる、と奥方に言い残されたのなら、法生寺の庵、つまり、熊谷格之進殿の住まいこそが一味のねぐらとなります。となりますと、控えめに考えても、熊谷殿はなんらかの形で一味に関係していることになります」

「なんらかではない、熊谷格之進殿こそが渡りの耕太一味の頭目《とうもく》なのだ」

前川は断じた。

「そんな馬鹿な、あり得ない！」

思わず声を大きくし、小四郎が頭から否定したのに対し、

「そいつは面白い」

半蔵は両手を打ち鳴らした。

そんな半蔵に小四郎は批難の目を向けつつ、

「熊谷殿は貴殿らも兄だと敬っておられたように、人格高潔な武士ではありませぬか。わたしも、そのように思っておりますぞ」

と、反論を加えた。

「我らとて信じられぬ思いだ。だがな、服部が殺されたのを考えるに、熊谷の仕業と考えるのが最も適切だ」

前川は最早、「師範代殿」とも、「格之進殿」とも呼ばず、熊谷と呼び捨てにし、すっかり悪人扱いである。

「熊谷殿は服部殿に耕太一味の頭目だと知られたから斬った、と申されるのですね」

小四郎の念押しに前川は大きくうなずいた。小四郎は首を左右に振り、信じられない、と繰り返して受け入れなかった。

「わしは草双紙に関しては門外漢《もんがいかん》であるが、戯作者というのは想像の力がなくてはならぬのではないのか。既存《きぞん》のものや、習わし、目の前にあるものだけを受け入れておっては面白い物語はできぬのではないのか」

箕輪がもっともらしいことを言った。

それでも小四郎は反論に出た。

「熊谷殿は行方知れず、本人の口から聞かない限り、信じられませぬ。これは戯作者としてではなく、武士として……いえ、武士を捨てたわたしが申すのは口幅《くちはば》ったいですが、強く釘を刺しておきます」

強い意思を伝えようと小四郎は双眸を見開いた。

箕輪は薄笑いを浮かべ、

「ならば、熊谷本人から聞けばよい」

と、冷然《れいぜん》と告げた。

「熊谷殿本人ですと……」

小四郎は驚きの目をした。

「今宵、我らは法生寺に向かう」

箕輪は告げた。

「熊谷殿は法生寺におられるのですか」

小四郎は首を傾げた。

「熊谷は行方知れず、となっていたがねぐらに戻ったようだ」

前川が言い添える。

「そのこと、寛陽殿もご存じなのですか」

小四郎は問いを重ねた。

「当然だ」

即答してから箕輪は続けた。

「寛陽と申す坊主、とんだ悪徳坊主である。寺に耕太一味を匿《かくま》い、一味から多額のお布施《ふせ》を貰っておったのだ。そればかりではないぞ。賭場《とば》も開帳《かいちょう》しておる。賭場を仕切っておるのは渡りの耕太一味だ」

小四郎はついていけない、と言うように無言となった。

「どうした、一角先生、これくらいのからくり、草双紙にあってはありふれたものなのではないのか」

前川はからかうかのような物言いをした。

うつむいている小四郎を横目に、

「なるほど、話半分としても面白いですよ。こりゃいける」

いつの間にか半蔵は帳面に筆を走らせていた。熱心に箕輪と前川の話を聞き取っている。小四郎から非難めいた目を向けられても何処吹く風である。それどころか、

「先生のためですよ」

と、恩着せがましく書き留めた帳面を見せる始末だ。これくらい図々しくないと戯作の世界を渡ってはいけないのだという気概も感じさせる。つくづく逞しい男だと、小四郎は感心してしまった。

「話半分ではないぞ。話全てじゃ」

前川は半蔵に言った。

「こりゃ、失礼しました。では、あたしもご一緒しますよ」

図々しくも半蔵は申し出た。

「無用だ」

にべもなく前川は断ったが、

「ふん、足手まといにならぬのなら構わんぞ」

箕輪が受け入れた。

前川は逆らわず、

「先生も来るのだろうな」

と、小四郎に語りかけた。

「行きます」

小四郎は熊谷の無実をこの目で確かめようと思った。

「ならば、今宵、夜八半《やつはん》に法生寺の山門前だ」

箕輪は言った。

「遅れると、一味の成敗に間に合わぬぞ」

前川は呵々大笑《かかたいしよう》した。

二

その頃、平九郎は佐川と共に故木村勘十郎の屋敷を訪れた。佐川ほどの薄着はできないがせめても、と素足の雪駄《せった》履きだ。すると、爪先から冷気がせり上がり、見栄を張るものではない、と後悔した。国許の横手は江戸よりよほど寒く、雪深いが厳冬に備えての暮らしをしている。分厚い肌襦袢《はだじゆばん》、股引《ももひき》を穿《は》き、足袋も二重に重ねていた。

江戸では江戸っ子に限らず武士も着込まない。佐川は例外としてもそれが武士の矜持、はっきり言えば痩せ我慢の一つだった。

「平さんも物好きだな。探索とか聞き込みなんざ、おれに任せておけばいいのに」

佐川は言いながらも平九郎と一緒であるのがうれしいようだ。

木村家の長男、誠一郎が応対してくれた。

屋敷は質素である。清潔で整頓されていた。いかにも武骨《ぶこつ》な武家らしい屋敷と言え、平九郎は好感が持てた。藩邸を訪ねてくれた誠一郎も折り目正しい人物であった。

「佐川殿、父の死について調べておられる、そうですな」

誠一郎に問われ、

「実は弟御の熊谷格之進さんも関わっているかもしれないんで、大内家中の椿平九郎さんを連れて来たって寸法だ」

佐川はいつにも増して砕けた口調で語りかけた。

木村は不快がることもなく、

「御家に弟がご迷惑をかけたのです。いや、まことにすまぬことでした。本来なら改めてこちらから再び御家に出向かねばならぬところ、わざわざ足を運んでくださり恐縮でござる」

と、平九郎に詫びを言った。

「そのことはよいのです。それよりも、その熊谷殿の行方が知れません」

「そのようですな。奉公人が法生寺を訪れた際に、寛陽殿より知らされました。新番組頭服部与三次殿を殺害した疑いがあるとか」

木村は憂慮《ゆうりょ》した。

「まさか、わたしは木村殿の仕業とは疑っておりませぬ」

平九郎は言った。

「お気遣いかたじけない」

木村は頭を下げた。

「気遣いではございませぬ。心底からわたしは熊谷殿を信じております」

「いや、それは……」

木村は戸惑いを示した。

「違うんだってよ」

佐川が右手をひらひらと振った。

「弟を信じてくださるのはありがたいのですが……」

木村は奥歯に物が挟《はさ》まったような物言いをした。信じたいのだろうが信じる根拠がないのだ。加えて、熊谷への不審感を抱いているようでもある。

「どうした、何かあるのかい。あるんなら、この際だ、全てを吐き出した方がいいよ。気が楽になるからなって、お気楽なおれが言うのもなんだがな」

佐川は陽気な口調で勧めた。

「そうですな……」

木村は苦笑しながら考えをまとめるためか沈黙した。

そして、

「弟格之進は非常な手練、その格之進が服部殿の背中を斬ったというのが、どうも引っかかります」

「それはおれたちも同じだ」

佐川が言うと平九郎も首肯した。

「ところが、父も背中を斬られ、殺されました。その日、今日《こんにち》世間を騒がしている渡りの耕太一味が当家に押し入ったのです」

耕太一味に盗みに入られたことは木村家の恥ということで、木村は表沙汰にしなかったという。

「まだ、それほどの騒ぎになっていなかった頃です。いえ……当家が耕太一味による最初の盗み働きでありましょう。耕太一味は当家に押し入って、味をしめたのかもしれませんな。恥の上塗りを承知で打ち明けますが、耕太は当家の中間部屋に奉公していたのです」

意外な木村の告白に、

「そうだったのかい」

さすがに佐川も驚き、平九郎は表情を引き締めた。

「当家に奉公しておった折も素行《そこう》が悪く、中間仲間とは中間部屋で博打に興じておりました。やくざ者ともつるんでおりましたな。それゆえ、暇《ひま》を出したのです」

その恨みもあってだろう。耕太は木村家に盗みに入ったのだった。

「あいにく、拙者は留守にしておりました。留守中に耕太一味は勝手知ったる当家に入り込んだのです」

屋敷の蔵から千両箱を奪い、逃げ去った。その際、木村勘十郎は一味によって殺されたのだった。

「背中を斬られておりました。その卑怯さゆえ、耕太一味の仕業に違いない、と思ったのですが……」

ここで言葉を止めたものの、木村は決意したように続きを語った。

「格之進がその日、屋敷を訪れていたことがわかりました」

熊谷格之進は、その日に限らず何度か木村屋敷を訪れていたそうだ。用向きは金の無心である。

「格之進の師匠、若田小兵衛殿が営む道場は台所事情がよくなかったようですな」

木村に問われ、

「そうかもしれません……申し訳ござらぬ。道場のことはよく存ぜぬのですが、小四郎殿から若田先生は金に頓着《とんちゃく》しなかった、と耳に致しました」

平九郎は若田道場とは距離を置いていた、と言い添えた。

そもそも若田小兵衛には道場を経営するという意識がなかった。木村は熊谷から聞いた話として、小兵衛は入門料も稽古賃も門人に任せていた。門人の寸志で営むばかりか、貧しい門人には金を貸していたという。貸すに当たって証文も取らず、取り立てなどはせず催促もしなかった。

これでは、道場など成り立つはずはないのだが、小兵衛は無欲というより無関心であった。その分、熊谷が金策に奔走《ほんそう》していたのだった。

「それで、熊谷殿は木村家に借財の申し入れをなさりにいらしたのですね」

平九郎が確かめると、

「父は渋った」

木村は苦い表情を浮かべた。

「借財を断られ、熊谷殿はお父上を手にかけた、とお疑いなのですか」

平九郎の問いには、

「もしかして、とな」

渋面を深めて木村は肯定した。

「お父上は背中を斬られておったのですね。若田先生と同じく、熊谷殿は何故そのような卑怯な手を使ったのでしょう」

「それだが……これは拙者の考えでござる。邪推《じゃすい》と申すべきかもしれぬが……格之進は渡りの耕太一味の仕業と見せかけるために、そのような闇討ちめいた手段に及んだのではないか、そのために背中を斬るなどという卑劣極まる手段を講じた……いや、そこまで卑劣極まる男であったとは、兄として疑りたくはないのだが……今も疑心暗鬼に駆られておる次第でござる」

苦悩を物語るように木村は口をへの字に引き結んだ。

木村勘十郎の死は病死として幕府へは届け出がなされ、耕太一味に押し入られたことは隠された。

「服部与三次殿の死、それに若田小兵衛殿の死が父と同じく背中を斬られていたと知り、これはひょっとして父は格之進の手にかかったのではないか……そう思えてきたのだ」

自分では判断がつかない、と木村は苦悩の色を濃くした。

佐川が、

「いかにも、斬った手口だけを見ると、同じ下手人の仕業と思われるな。するってえと、三人のうち、若田殿は熊谷さんが自分の仕業と認めたんだから、自《おの》ずと熊谷さんが三人を殺したって理屈になるってわけだ。ところが、そんな理屈が成り立っても、木村さんも平さんも、それにおれだって得心がいかねえのは、熊谷格之進が背中を斬るなんていう卑怯とは正反対の御仁だからだ」

と、考えを述べ立てた。

続いて平九郎が疑問を投げかけた。

「熊谷殿がお父上を斬るに耕太一味の仕業と見せかけるためだったというのはわからなくはありませんが、若田先生を殺すのに耕太一味の仕業に見せかける必要があったのでしょうか。若田道場は渡りの耕太一味とは無縁でした。新番方でも直参旗本でもなく、大内家の所有の剣術道場であったのですから、新番方の旗本屋敷ばかりに押し入る渡りの耕太一味に疑いの目を向ける者はいなかったはずです。実際、熊谷殿は若田先生を斬ったのは自分だと認めたのです。熊谷殿が耕太一味に見せかけるつもりはなかったのです」

「そりゃそうだ。いや、まったく平さんの言う通りなんだよな……」

腕を組んで佐川は考え込んだ。

「いかがでしょう」

平九郎は木村に訊いた。

「そうですな……当然、兄として拙者は格之進の無実を信じたいのだが……あ、いや、どうもよくわからなくなった。椿殿の疑念はもっともと存ずるし、父を斬ったのは格之進だとの疑いは晴れないし……」

よくわからない、というように言葉を止めた。

「とにかくだ。熊谷さんの行方がわかれば全てがはっきりするよ」

思案を続けるのに飽きたのか佐川は結論づけた。

「木村殿、熊谷殿の行方、お心当たりはござりませぬか」

改めて平九郎は木村に問いかけた。

「格之進は法生寺で世話になっておったように、寛陽殿とは昵懇《じっこん》にしておりましたな。その法生寺を飛び出した、となりますと、果たして何処へ……」

木村も心当たりがない、とため息を吐いた。

「こりゃ、法生寺を当たるのがいいな」

佐川が言った。

「しかし、熊谷殿は法生寺を出ていったのですよ」

平九郎は異を唱えた。

するとと佐川はにんまりとした。

「だから、法生寺は探索されないだろう。探索されない安全な場所と熊谷さんが思っても不思議はないぜ。灯台下暗《もとくら》し、というやつだよ」

なるほど、一理あるかもしれない。

「駄目で元々じゃないか、なあ」

佐川は言い添えた。

「他に行く宛もないことですし、そうですね。法生寺を当たりますか」

平九郎もその気になった。

「そうこなくちゃな」

佐川は破顔した。

「木村殿、お手数をおかけしました」

平九郎は木村に頭を下げた。

「なんの、こちらこそ。それより、格之進が見つかったなら、潔《いさぎよ》く罪を償え、と申してください。場合によっては……」

斬っても構わない、と木村は言いたいようだ。

「まだ、木村殿の仕業と決まったわけではありませんから」

そう返したものの平九郎も佐川も熊谷が極めて疑わしいとは思っていた。

三

木村の屋敷を後にした。

平九郎と佐川はその足で法生寺にやって来た。夕暮れ近くなり、寒さは募る一方だ。今にも雪が降りそうな凍雲《とううん》が空に居座ったまま動かない。それでも、番町から歩いて来たせいで身体はぽかぽかと温まっていた。

熊谷の住んでいた庵を訪れる。

「御免よ」

佐川が引き戸を叩いた。

返事はない。

佐川は引き戸を開けた。中はがらんとしていた。服部が倒れていたあたりの血溜まりの跡が黒々とした染《し》みを作っていた。

「そうそう都合よく熊谷がいるわけはないがな」

佐川は笑った。

「それはそうですね。ここに来たら、熊谷殿に会える、とは思ってはおりませんでしたので失望は感じておりません」

平九郎は言った。

「ここで待っておれば、そのうち、熊谷さんが帰って来るかもな……なんて、それも都合のいい考えではあるがな」

佐川は顎を掻いた。

「寛陽殿に話を聞きますか。かりに、熊谷殿を匿っているとしましても、何も語ってはくれないでしょうが」

平九郎が言うと、

「それでも、嘘をついているか本音を語っているかの見当くらいはつくからな」

佐川も応じ、二人は庵を出た。

すると、境内に目つきのよくない者たちが歩いている。小袖を着崩し、印半纏を重ねて肩で風を切っていた。山門が閉じられる。

夕映えの境内はいかにもやくざ者といった者たちばかりとなった。

「こりゃ、面白そうだな」

言葉通り、佐川は笑みを浮かべた。

「ひょっとして、賭場が開帳されるのですか」

平九郎の言葉に、

「そういうこったろう。やはり、寛陽ってのはとんだ生臭坊主《なまぐさぼうず》ってことだ」

佐川は言った。


平九郎と佐川は本堂で賭場が開帳されていると突き止めた。

「どうしますか」

平九郎は本堂を見た。

「おれが行ってくるよ」

佐川は請け負った
「わたしも……」

平九郎も申し出ると、

「平さんは寛陽に顔を知られているからやめておいた方がいいな。寛陽は賭場に顔を出さないとは思うが、念のためだ。平さんは、そうだな、庵の中で待っていてくれ」

佐川の提案を平九郎は受け入れた。

四

佐川は本堂に入った。

入ってすぐ右手に設けられた帳場で金五両分の駒《こま》に替えてもらう。本堂の中は燭台に蠟燭《ろうそく》が灯され、盆茣蓙《ぼんござ》の周囲には町人、武士が分け隔てなく座を占めていた。本堂内のそこかしこに火鉢が用意され、燗酒が振舞われていた。

奥は阿弥陀如来《あみだにょらい》の仏像が鎮座《ちんざ》している。檀家《だんか》の寄進が豊富なのか賭場の寺銭《てらせん》が潤沢《じゅんたく》なのか、金鍍金《きんめっき》が施されていた。

金ぴかの仏像に佐川は手を合わせてから盆茣蓙に座った。

丁半博打《ちょうはんばくち》の進行を司る中盆が、

「丁方《ちょうかた》ないか、半方《はんかた》ないか」

と、声をかける。

客たちは思い思いに丁と半に駒を賭けた。佐川は、

「丁だ」

と、丁に賭けた。

「丁半、駒が揃いました」

中盆が言うと壺振りが二つの賽子《さいころ》を壺に入れ、二度、三度振ってから盆茣蓙に伏せた。客たちの熱い視線が注がれる。

佐川も壺を見た。

淡々とした様子で壺振りが壺を上げた。

「三、二の半」

中盆が声を発すると歓声とため息が入り混じった。佐川は動ぜず次の勝負に注意を向ける。

次も丁に張った。

「二、五の半」

またしても取られた。

三回目も佐川は丁に賭け、裏目が出た。こうなるとついつい血が騒いだ。意地になって丁を賭け続けるが、半ばかりだ。

六回も続けて半とあって賭場には不穏な空気が漂った。

「丁方ないか……丁方ないか」

中盆が催促しても賭けようとする者はいない。そんな中、

「丁だ」

と、佐川は持ち金、八両分全ての駒を丁に張った。盆茣蓙の周辺がざわめいた。佐川の勝負が呼び水となって丁に賭ける者が現れ、勝負が成立した。

今度こその思いで身を乗り出している者もいる。

壺振りが壺を上げる。

「二、三の半」

しれっと中盆が告げた。

帰り支度をする者が出た。佐川は中盆に向かって、

「いい加減にしろよ」

と、どすの利いた野太い声を発した。

中盆は両目を吊り上げ、派手な小袖を着流した異形《いぎょう》の侍を睨んだ。

「お侍、あやをつけなさるのですかい」

「おおそうだ。どう考えたってイカサマだろう」

佐川は睨み返した。

「負けが込んで頭に血が上りなさったんじゃありませんか。少し、お休みになったらいかがですか」

中盆は淀《よど》んだ目で言った。

「我慢ならぬ。賭場を仕切っておる耕太を出せ。渡りの耕太をな」

声を大きくし、佐川は言い立てた。

盆茣蓙の周りに詰めている手下たちが色めき立った。

「おい、耕太、出て来い！」

佐川は怒鳴った。

五

平九郎は庵で待っていた。

森閑《しんかん》とした闇が広がるばかりで、しかも隙間風が容赦《ようしゃ》なく吹き込み、温まった身体はすっかり冷えてしまった。板張りに切られた庵に火を入れたいが、もし熊谷が戻ってくれば気づかれる恐れがあり、我慢するしかない。

平九郎は襟を引き寄せ、背中を丸めて寒さに耐えていた。かじかんだ両手をこすり合わせ熱い息を吹きかける。足袋を履いてこなかったことを心底から悔いた。

どれくらい時が経過したであろうか。

引き戸が軋《きし》む音がした。平九郎は足音を忍ばせ板の間の奥にある部屋に入った。引き戸が開き、二人の男が入って来た。

夜目に慣れ、寛陽と熊谷とわかった。

佐川の予感が的中した。

平九郎は息を殺し、二人の様子に目を凝らした。

「火を熾しますかな」

寛陽は囲炉裏の種火《たねび》を熾し、薪《まき》をくべ、火箸で灰を混ぜた。ほの暗い庵の中で囲炉裏端ばかりが明るく滲んだ。幸い、明かりは平九郎が潜《ひそ》む奥の座敷までは届かない。

「冷えますすな」

寛陽は両手を翳した。

熊谷は泰然自若《たいぜんじじゃく》として囲炉裏端に座した。炎に揺らめく横顔は逃亡暮らしを裏付けるように薄っすらと無精髭が生《は》えている。

「寛陽殿、今宵も賭場を開帳しておるようですな」

熊谷の物言いは批難が混じっている。

「まあ」

寛陽は不気味な笑い声を上げた。

「賭場を任せておるのは渡りの耕太一味でしょう」

「そうですかな」

寛陽は言った。

「火遊びはこれくらいになさりませんと、大変なことになりますぞ。公儀を甘く見てはなりませぬ。この寺は破却《はきゃく》、寛陽殿の身も厳しく咎められましょう」

熊谷の忠告に、

「わかっております。程々にしておきます」

言葉とは裏腹に寛陽に反省の色はない。

「それで、わしを呼んだのは……」

熊谷は寛陽に呼び出されたようだ。

「これを……」

寛陽は袈裟《けさ》の袖から紫の袱紗《ふくさ》包《づつ》みを取り出した。

「百両ある。これで、江戸から出てゆきなされ。そうでないと、熊谷殿は追われておりますゆえ、いずれ捕まりますぞ。捕まれば、先日の服部与三次殿殺害の咎で罰せられましょう。濡《ぬ》れ衣《ぎぬ》とは申せ、それを晴らす手立てがござらぬ。間《ま》が悪いことに、熊谷殿が出て行かれた後に服部殿は殺された。状況は熊谷殿が服部殿を斬って逃亡した、ということを物語っております。拙僧がいくら貴殿を庇い立てしたところで、奉行所が聞く耳を持ってくれるかどうか……」

ため息混じりに寛陽は話を締め括った。

「ご親切、痛み入りますが、拙者、当分は江戸に留まりたいと存じます」

毅然と熊谷は言った。

「何故ですかな」

寛陽は首を捻った。

「若田小兵衛先生を斬った者を突き止めること。その者は父も斬ったのだと思いますな」

やはり、若田小兵衛殺しは熊谷の仕業ではなかったということか、と平九郎は訝しみと共にうれしさも感じた。熊谷の言葉を鵜呑《うの》みにはできないが、熊谷が真実を語っているような気がする、と希望を抱《いだ》けた。第一、今の熊谷は誰憚ることなく本音を話しても差し支えないのだ。

そして、熊谷格之進は師を闇討ちするような卑怯者ではなかったということだ。

「お言葉じゃが、熊谷殿は若田殿を斬った、とお認めになられたではありませぬかな」

寛陽は疑問を投げかけた。

「あの時は申した。先生の名誉を守るためにな。しかし、その後、拙者の考えは間違っておるのではないかと思えてきた」

「お父上の病死についてもですな」

「それも父の名誉を守るための兄の措置《そち》であった。改めて死については十分な調べが必要だ」

「仏となった者を蒸し返すようなことはなさらない方がよい、と思うが……」

苦言を呈するように寛陽は低い声になった。

「先生も父も成仏《じょうぶつ》してはおらぬと思う。そのあたりに魂が彷徨《さまよ》い、真実を明らかにせよ、と拙者に命じておられる」

熊谷は周囲を見回した。

思わず平九郎は目をそらした。

幸いにして熊谷は平九郎に気づかない。

「ならば、若田殿やお父上に下手人を問われてはいかがか」

寛陽は両手を合わせた。

「彷徨える魂となった身では何も語ることができぬ。この世の出来事に死者は関わることができぬのでござる。この世で起きた事はこの世の者にしか落着できぬし、死者の無念を晴らすのは生ある者の務めでござる。おっと、これは釈迦《しゃか》に説法《せっぽう》ですな」

熊谷は軽く頭を下げた。

「ならば、どうあっても江戸を去らぬと申されるのですな」

寛陽の声に厳しさが滲む。

答える代わりに熊谷は袱紗包みを寛陽の前に押し戻した。

「まこと、一徹《いってつ》なお方ですな」

寛陽は袱紗包みを袈裟の袖に戻した。

「融通が利かないのは短所ではありますが、同時に長所であるとも思っております」

静かに熊谷は返した。

「では、別れの前に茶の一服《いっぷく》でも差し上げよう。庫裏《くり》に参りましょうか」

寛陽は腰を上げようとした。それを熊谷は引き止め、

「その前に服部与三次殿がこの庵に拙者がおると突き止めたのはどうしてでしょうな。どうして、拙者の潜伏先がわかったのでしょう」

と、寛陽に問いかけた。

「さて、どうしてでしょうな」

寛陽はわからないと答えた。

「それに、服部殿は拙者にどんな用向きがあったのでしょう。今となっては死人に口なし……ですな」

熊谷の口ぶりからすると、服部を殺したのも熊谷ではないようだ。

平九郎の胸に大きな疑念の雲が湧き立った。

「服部殺しの下手人も突き止めねばならぬか」

熊谷は言った。

「ならば、庫裏へ」

寛陽は腰を上げた。

「いや、拙者、これにて失礼致す」

熊谷は言った。

「馬喰町《ばくろちょう》の商人宿に戻られるか」

寛陽が問いかけた。

「いや、あの宿は引き払いました」

「では、どちらに行かれる。厳寒のみぎり、雨露を凌《しの》げる場所がないのは辛い。野宿などなさっては凍え死にますぞ」

寛陽は心配したが、

「決めておりませぬ」

素っ気なく返して熊谷は表に出た。

六

その頃、本堂では、

「どう、落とし前をつけるんだ。耕太!」

佐川は凄んだ。

奥から、

「どうしたんだ」

と、恰幅《かっぷく》の良い男が出て来た。

印半纏を重ねている。いかにも渡り中間といった男である。

「おまえさんが渡りの耕太かい」

佐川は余裕の笑みを浮かべながら問いかけた。

「ああ、そうだ。耕太ってけちな野郎だ」

居直ったように耕太はあぐらをかいた。

「なるほど、けちな野郎が仕切る賭場だから、客にけちってイカサマをやらかすってわけか」

佐川は一つの賽子を摑み、宙に放り投げた。次いで脇差を抜き、素早く払い斬りを放った。賽子は真っ二つに割れた。ざっくりと斬られた断面に鉛《なまり》が覗いた。

耕太はそれを指で摘まみ、

「お侍、お見事だ。あんた、見かけない顔だが、賭場荒らしかい」

耕太が言うと子分たちが凄《すご》んだ。

「そうだよ。イカサマ賭場を荒らすのがおれの趣味なのでな」

臆せずに抜け抜けと佐川は返した。

「言ってくれるじゃねえか。そんなことをしてちゃあ、命がいくつあっても足りねえぜ。お侍、あんた命知らずってわけか。それとも粋がっていなさるのかい」

耕太は笑った。

「この賭場、見かけたところ用心棒がいないな」

話の先を佐川は変えた。

「おれたちはな、用心棒なんかいらねえんだ。みんな、腕には自信があるからな」

耕太の言葉に手下たちは目を凝らした。耕太は着物の袖を捲《まく》った。彫り物が覗いた。

「おい、そりゃいくらなんでも思い上がりってもんじゃないか」

彫り物には目もくれず佐川は立ち上がり、手下たちに殴りかかった。手下たちは驚きながらも、

「野郎！」

「侍がなんだ」

「侍だからって偉そうにするな」

と、口々に悪口を叩き佐川に応戦した。

しかし佐川は敵の頰、鳩尾に拳を沈め、さらには足蹴《あしげ》にしてゆく。ついに敵は匕首《あいくち》を抜いた。

佐川は盆茣蓙の敷物を剝がし、畳を持ち上げると匕首を手にした敵に向かった。敵は畳に押し倒される。

勢いづいた佐川は畳を振り回した。

敵は蹴散らされる。

耕太が立ち上がり、

「わかった、その辺にしてくれ」

と、止めに入った。

佐川は涼しい顔で、

「よし、ここらで勘弁してやるか」

と、動きを止めた。

手下たちは畳に這いつくばりながら恨めしそうな目で佐川を見上げた。

耕太が佐川に向き、

「あんた浪人さんじゃねえな。上物の着物だものな……」

と、真面目に問いかけた。

「これでも旗本だ。佐川と申す」

佐川はつるりと自分の顔を撫でた。

「直参が賭場の用心棒になってもいいんですかい」

興味津々《しんしん》の目で耕太は問いかけを続けた。

「そりゃ、いけないに決まっているだろう。でもな、物事の良し悪しで言うのならそもそも博打は御法度《ごはっと》なんだ。いけない賭場のいけない仕事をやったところで同じだ」

佐川らしい独特の理屈である。

「なるほどね。あんた変わった旗本でいらっしゃるね」

「それは褒《ほ》めているんだな」

佐川はにんまりと笑った。

「そうですよ。あんたとは気が合いそうだ」

耕太は言った。

「それで、おまえら、旗本を毛嫌いしているようだな。どうしてだ。奉公先の旗本屋敷で嫌な目に遭ったのか」

佐川は手下たちを見回した。

「まあ、みんな虫けらみたいな扱いを受けましたよ」

耕太は吐き捨てた。

「どんな具合にだ」

佐川は耕太の目を見た。

耕太は小さくため息を吐いてから語り出した。

「おれが奉公に上がっていたのは新番頭さまの御家なんだ」

「と言うと、木村勘十郎殿か」

佐川の問いかけに耕太はうなずいた。

「木村さまってお方は新番頭ってことで、そりゃもうそれを鼻にかけていらっしゃった。そのくせ、おれたちが御屋敷で賭場を開帳することを見て見ないふりをしなさった。そんでもって、ある日のことだ。しれっと賭場のしょば代を要求してきたんだ。上がりの五割、つまり半分だぜ。ほんと、馬鹿にしてやがる。その上、業突《ごうつ》く張りだ」

耕太は憤った。

「そいつは、ひどいな。木村勘十郎殿にそんな裏の顔があったとはな。ま、それが世の中ってもんかもしれんがな」

佐川は声を上げて笑い飛ばした。それは、耕太への嘲笑と同時に木村勘十郎を嘲笑《あざわら》うものであった。

「木村勘十郎ばかりじゃねえやな。その息子……」

「誠一郎殿か」

「そうだ。何が誠一郎だ。ありゃ、悪一郎《あくいちろう》だよ」

佐川は悪態《あくたい》をついた。

「誠一郎殿がどうしたんだ」

「六割、寄越せって言いやがった。その代わり、他の旗本屋敷を紹介してやるってな」

誠一郎の紹介で新番方に属する旗本屋敷で開帳することができた。耕太は渡り中間を募っていくつもの屋敷で賭場を開帳した。それらの賭場では五割を上納《じょうのう》させられた。

「しかも、汚えことに木村誠一郎はそれらの旗本衆から口利き料として一割を受け取っていやがったんだ。まったく、汚えにも程があるぜ」

耕太は吐き捨てた。

「そりゃ、武士の風上にも置けねえな。武士ばかりじゃない。人として大いに問題があるぜ……それで、おまえ、木村勘十郎を殺し、千両箱を奪ったのか」

佐川はずばり訊いた。

耕太の目がどす黒く淀んだ。

「おれは殺していねえよ。これでもな、人殺しはしたことがねえんだ」

「じゃあ、誰だ。木村屋敷ばかりか、他の新番方の屋敷でも家来衆の何人かが斬られたじゃないか。しかも、みな背中をばっさりだ」

「知らねえよ。木村屋敷のことを話すとな、賭場の上がりが蓄えられている物置小屋から千両箱を二つ盗んで、いや、おれたちにしてみりゃよ、盗んだんじゃねえんだ。元々はおれたちが稼いだ金なんだからな。だから、おれたちの稼ぎを取り戻しただけってことなんだ。他の新番方の屋敷にしたってな、金は盗んだが人は殺してねえよ」

耕太は人殺しはしない、と繰り返した。

「じゃあ、木村勘十郎殿を殺したのは……背中を斬るなどという武士にはあるまじき所業ということでおまえらの仕業だとおれは疑ったし、疑う者は他にもおるのだがな」

佐川は訝しんだ。

「そりゃ、おれたちは卑怯で汚えよ。木村の御前《ごぜん》さまを殺すんなら、背中とか不意打ちとか、大勢で囲んで、とかの侍がやらないような手を使うよ。でもな、御前さまを殺したのはおれたちじゃねえよ。おれたちは押し入った旗本屋敷で刃物は使っていねえぜ」

耕太の言う通りである。

「すると、益々木村勘十郎殿殺しが気にかかるな」

佐川は顎を掻いた。

「知ったこっちゃねえな」

耕太はうそぶいた。

「ところで、これからどうするのだ」

佐川の問いかけに、

「なんだ、旦那、おれたちのことを心配してくれんのか。ああ、そうか。いくらか分け前に預かろうって魂胆《こんたん》かい。分け前に預からなくたって、あんた、おれたちをお縄にすりゃ、火盗改や公儀のお偉方《えらがた》から褒美を受け取れるだろう」

耕太は言った。

「それもいいな。おまえを捕まえるか」

佐川が言うと手下たちが怯《おび》えた。

「ま、それはいいが。この先も旗本屋敷を襲うのか」

「一応の目的は達したんだ」

「ほう、おまえらにも目的なんていう洒落《しやれ》たものがあるのか」

佐川は笑った。

「ああ、あるよ。これでもな、おれは色々と考えているんだ」

見損《みそこ》なうな、と耕太は目をむいた。

「偉い。それで、目的っていうのは自分たちが賭場を開帳した旗本屋敷、ということだな。それらの旗本屋敷から盗み、いや、稼ぎを取り戻したから目的は達した。これ以上、盗みを重ねることはない、ってことか」

佐川の推量に、

「そういうこった」

耕太はうなずいた。

「なら、このまま江戸を去るんだな」

「そうだよ。だから、あいにくだが用心棒の話はなしだ」

耕太は言った。

「この寺は木村殿に紹介されたのか」

「木村の御前さまとここの生臭住職さまは懇意《こんい》だったからな」

耕太は言った。

「それで……おまえら、いつまでこの寺におるつもりだ。遠からず、見つかるぞ」

本堂の中を佐川はぐるりと見回した。

「大丈夫でさあ。ちゃんと、守ってくださるお方がいますんでね」

耕太は自信の笑みを浮かべた。

「誰だ。その者がおまえらの元締めというわけだな……ひょっとして熊谷格之進か」

佐川の問いかけをいなすように耕太は手下に酒を用意させた。

「お侍、熊谷さまをご存じなんですか」

耕太に問い返され佐川は首を縦に振り、

「熊谷なのか」

と、畳みかけた。

「違いますよ」

素《そ》っ気《け》なく耕太は否定した。

その顔は嘘を吐《つ》いているようには見えない。それに、服部殺しを疑われ逃亡中の熊谷が元締めであったとしても、耕太たちを守れるはずはない。もっと、頼り甲斐のある者に違いない。

誰か訊き出そうとしたが耕太は答えようとしなかった。

七

熊谷が出てゆくと寛陽も見送ろうと後に続いた。

二人が居なくなったのを確かめてから平九郎は奥の部屋を出た。無人だが用心して板張りを忍び足で歩いて土間に降り立った。

引き戸は開け放たれたままであるため、寒風が吹き込み、外に出る足を止めた。境内のあちらこちらに篝火《かがりび》が焚《た》かれている。

平九郎は引き戸に歩み寄り、戸の陰に身を潜めた。

境内の様子を窺う。

熊谷が寛陽と別れの挨拶をしていた。

すると、大勢の足音が近づいてくる。熊谷と寛陽は山門を見た。

山門から紺の道着に身を包んだ侍たちが乱入してきた。総勢、三十人余り、夜更けの寺を参詣《さんけい》するにしては多人数である。熊谷は身構えたが寛陽は動ずることなく一同を迎えるように微笑みかけた。

程なくして侍たちの間から箕輪幸吉郎と前川伝兵衛が姿を現した。箕輪と前川は陣《じん》笠《がさ》を被り、火事羽織を重ね、野袴《のばかま》を穿いている。まるで捕物の指揮を執るかのような装いだ。

「ご苦労さまですな」

寛陽は箕輪と前川に挨拶をした。

熊谷は箕輪と前川に向かって、

「これはなんの騒ぎだ」

と、侍たちを見回した。

「寒稽古でござる」

前川が答えると箕輪は侍たちに右手を挙げた。侍たちは気勢を挙げた。

箕輪と前川は熊谷の前に立った。

第五章　寒雷の決戦

一

熊谷格之進の声が寒夜に響いた。

庵を出ると平九郎は闇の中でじっと様子を窺った。熊谷に箕輪と前川は近づいた。

「なんの真似だ」

「わしがここにいること、よくわかったな」

熊谷は問いかけた。

「蛇《じゃ》の道は蛇《へび》でござる」

前川が答えた。

「それでは、答えになっておらぬぞ」

熊谷は失笑を漏らした。

しかし、前川は熊谷の問いかけには答えず、

「熊谷殿、我ら失望致しましたぞ」

と、言い放った。

「わしがおめおめと生き恥を晒しておることをなじるか」

熊谷の物言いには不満が滲んでいる。

「さよう」

失笑混じりに前川は答えた。

「そなたらが侮蔑《ぶべつ》するのももっともだ。しかしな、わしにはやらねばならぬことがある。父・木村勘十郎、若田先生、それに服部を斬った者を探し出し、剣にて決着をつける。その後に切腹をする」

静かな物言いが却《かえ》って熊谷の意思の強さを示している。

箕輪と前川は無反応だ。

「そなたらは父と若田先生を斬った下手人は追わないとしても、服部を殺した者を捕縛したい、と思っておるだろう。服部を斬った者は父と若田先生を斬った者と同じだ」

熊谷の言葉に、

「我らとて服部を斬った者は憎い。この手で斬ってやりたい」

前川は悔しさを滲ませた。

小太りの身体がぶるぶると震える。

ここで箕輪が、

「我ら、それを確かめにまいったのでござる」

と、前川に視線を向けた。

「我らは三人を斬ったのは渡りの耕太一味だと見当をつけたのでござる」

前川は言った。

「耕太一味のう。しかし、あ奴らは新番方の旗本屋敷ばかりを狙っておるはず。木村屋敷に盗み入った際に父を斬ったのはわかるが、若田先生を殺したのは解《げ》せぬ。若田先生は新番方ではないし、申してはなんだが若田道場には金も金目の物もなかった。若田耕太一味が盗みに入る理由が見当たらぬ。それに、服部与三次をこの庵で斬ったのも解せぬ。服部の屋敷でならともかく、何故、ここで殺したのか。そして、そもそも、どうして服部がここに来たのかもわからぬ」

熊谷は疑問を投げかけた。

箕輪が、

「ごもっともなる疑念でござりますな……」

と、首肯した。

すると、前川は足音を消して熊谷の背後に回った。次いで刀の柄に手を添える。

平九郎は声を上げようとしたが、

「いかに、前川」

熊谷が振り返った。

前川は柄に添えた手をさっと離した。熊谷はニヤリとした。

前川が、

「いや、失礼致しました。格之進殿に隙があるはずはござらぬな」

試してみました、ほんの座興《ざきょう》ですと詫びた。前川の無礼を庇い立てるように箕輪が語り出した。

「若田先生、服部、そして木村勘十郎殿……いずれも遣い手であった。おいそれと、背中でも斬られるものではない。耕太一味に見せかけながらも、実は一門の剣客であったのではないか、と思うのでござる」

「はっきりと申せ。そなたら、わしが三人を斬った、と考えておるのだな」

熊谷は箕輪と前川を見返した。

「残念ですが……」

箕輪は声を絞り出した。

前川も返事をしようとしたところで、

「御免くださいまし」

と、山門で頭のてっぺんから抜けたような明るい声が聞こえた。この場に不似合いな声の主を平九郎は杵屋半蔵だとわかった。

案《あん》の定《じょう》、半蔵が入って来た。小四郎も一緒である。

小四郎は熊谷に気づき、

「熊谷殿……一体、どちらにおられましたか」

思わずといったように駆け寄った。

「小四郎殿、わしはそなたを偽《いつわ》っておった」

熊谷は若田先生を斬ったのは自分ではない、と言い、下手人を探しているのだと言葉を添えた。

満面の笑みで小四郎はうなずきながらも、

「やはり、そうでしたか。わたしは熊谷殿を信じておりました……では、何故、ご自分がわが父・若田小兵衛を斬った、などという偽りを申されたのですか」

と、疑問を投げかけた。

半蔵は驚きの目をしたがじきに興味津々の色に彩られた。

「それは……」

熊谷は未だ答えを躊躇っている。

「では、斬ったのは誰ですか」

半蔵が問い直した。

「それを探し出そうとしておるのだ」

熊谷は返したが、

「我らは見当をつけた」

前川が割り込んだ。

「ほう、そうですか」

半蔵は前川に関心を移した。半蔵の視線を受け止めながら、

「熊谷格之進殿である」

前川は言った。

「ええっ……本当ですか」

半蔵が疑い、

「馬鹿な」

小四郎は否定した。

「そうですな」

前川は熊谷に詰め寄った。

「わしの仕業ではない。何故、わしが師や、同門の服部を斬らねばならぬ」

熊谷はあくまで冷静に問い返した。

「それは、格之進殿こそが渡りの耕太一味の頭目であるからだ」

前川が言った。

「冗談を申すな」

怒りに声を震わせ熊谷は返した。

「こんなこと、冗談では申せませぬぞ」

箕輪が返した。

小四郎が、

「何を証拠に熊谷殿をお疑いなのですか」

と、ムッとして問い直す。

「証拠は本堂にある」

箕輪は言った。

「どういうことですか、はっきりと申してくだされ」

小四郎はむきになった。

「本堂ではな、賭場が開帳されておるのだ。仕切っておるのは渡りの耕太一味である。格之進殿と耕太一味は繋がっておったのだ」

前川が説明した。

「無礼を申すな！」

熊谷は大きな声を上げた。

「熊谷殿が耕太一味と関わりがあるはずはござりませぬ」

小四郎も言い立てた。

半蔵は黙って成行きを見守っている。商売のネタになりそうだと嗅覚《きゅうかく》を働かせたようだ。

「今日も開帳されているぞ」

前川はにんまりとした。

「ちょっと、待ってください。どういうことなのか順序だてて話してください」

小四郎は詳しい説明を求めた。

「戯作者、柳亭一角先生にはよくわかって頂こうか。なにしろ、我らの活躍ぶりを草双紙に描いてもらわなければならないのだからな。なあ、先生」

前川に返されたが不愉快で小四郎は返答をしなかった。

前川は語り始めた。

「新番方ばかりを狙う渡りの耕太一味、真っ先に狙ったのは木村屋敷であった。木村誠一郎殿から聞いたのだが、格之進殿は木村勘十郎殿に金の無心をしておられたとか。若田先生は無欲、道場の営みは熊谷殿が行っておられた。しかし、木村家とて、そうたびたびではたまらない。勘十郎殿は断った」

それを熊谷は恨みに思った。

そこで、木村家に不満を抱く渡り中間の耕太と結託《けったく》した。耕太一味に盗みをさせた。

「ところが、勘十郎殿に気づかれてしまった。そこで、熊谷殿は勘十郎殿を斬った。斬るにあたり、わざと背中を斬った。そうすれば、格之進殿の仕業とは誰も思わないからな。そして、木村誠一郎殿なれば、盗人に押し入られたことを木村家の恥として、表沙汰にはしないだろう、そして、木村勘十郎殿の死を斬殺されたともせず、病死扱いにするに違いない、と踏んだ」

弁舌爽《べつぜつさわ》やかに前川は述べ立てた。

「なるほど、そういうこってすか」

半蔵は得心したように両手を叩いた。

「しかし、お父上に手をかけるなんて、熊谷殿はそんな卑劣なことをするはずがありません」

強い口調で小四郎は否定した。

「我らも信じられぬ、信じがたいことであった」

残念だと前川は言葉を添えたが全く気持ちが籠もっていない。

「熊谷殿、なんとか申してください」

すがる思いで小四郎は熊谷に頼んだ。

「話を元に戻せ。何故、わしが若田先生を斬ったのだ。耕太一味とは関係がないぞ」

熊谷は言った。

その通りだと小四郎も同意した。

二

「それは、若田先生に知られたからでしょう」

さらりと前川は答えた。

「それでは、わからぬな」

熊谷は首を傾げた。

「道場の運営資金を熊谷殿は工面したのではないですか。その金、どうしたのだ、と先生に追求されたのではありませぬか」

前川の推測を、

「先生は道場の運営に関して、全く無関心であられた。道場の金をどうのこうのとで口論にはならない」

熊谷の言葉に、

「その通りです」

小四郎も言い添えた。

前川が言葉を詰まらせると代わって箕輪が言った。

「服部は渡りの耕太一味を探索しておった。ここに来るに当たって、細君には渡りの耕太一味の手がかりを摑めた、と言い残したのだ。ここが、耕太一味のねぐらであり、耕太一味のねぐらの寺に庵を結ぶ格之進殿を無関係とは思わなかったであろうな」

「その通りだ。服部は格之進殿を疑い、そのために斬られたのだ」

前川が勢いづいた。

「勝手な想像に過ぎぬ」

熊谷は吐き捨てた。

「その通りです。お二方は想像に想像を重ねておられるだけです」

小四郎も言い立てた。

「そうかな」

箕輪は余裕たっぷりに微笑んだ。

「ならば、賭場に行こうぞ」

前川が言った。

「おっと、こりゃ、思いもかけないことになりましたよ」

うれしそうに半蔵が言葉を発した。

「そなた」

小四郎は睨んだ。

「すんません。しかし、これがあたしら読売屋、草双紙屋なんですよ。不謹慎だと謝ります」

言葉とは裏腹に半蔵に反省の色はない。

小四郎はムッとしたが、

「ならば、本堂に行くぞ」

箕輪が言ったところで寛陽が戸惑いの目をした。

「その前に住職殿に確かめようではないか」

箕輪が小四郎や熊谷を見た。

「なんでござりますか」

寛陽は首を捻った。

「この寺で、渡りの耕太一味が賭場を開帳しておるな」

前川が威圧的な口調で問いかけた。

「ええ……それはまあ……」

寛陽は口の中をもごもごとさせた。

「惚《とぼ》けるな」

前川が迫る。

「は、はい。開帳させております」

渋々寛陽は認めた。

「この生臭坊主が。ま、それは置いておくとして……」

前川は凄んだ。

「まこと、そのようなことは……ま、御仏《みほとけ》に仕える者としましては、失格どころか地獄に堕ちるのが拙僧《せっそう》ですな」

開き直ったかのように寛陽は笑った。

堪《たま》らず、

「寛陽殿、それでも御仏にお仕えするお方ですか。寺で賭場を開かせるなど」

小四郎は怒りを示した。

半蔵が、

「まあまあ、お寺で賭場を開くなんていうのはよくあることですよ」

と、訳知り顔で寛陽を庇った。

「しかし……」

小四郎は怒りが治まらない。

「それで、耕太一味と熊谷格之進殿を結びつけたのは、御坊《ごぼう》でござるな」

前川は詰め寄った。

「そうでしたかな……」

寛陽は薄笑いを浮かべた。

「いい加減になされ」

箕輪が真剣な表情で迫る。

「いや、それは」

寛陽はしどろもどろとなった。

「はっきりと申せ」

前川は脅すように迫った。

「出来心でござる」

寛陽は認めた。

「それで、熊谷殿との関係は……」

熊谷に視線を向けながら前川は問いかけた。

「それは」

またも寛陽は口ごもった。

熊谷は黙っている。

「はっきりとさせようではないか」

箕輪が口を挟んだ。

寛陽は逡巡《しゅんじゅん》していたが、

「熊谷殿の指示です」

と、答えた。

「嘘だ！」

小四郎が叫び立てる。

半蔵は目を凝らした。

勝ち誇ったように前川は寛陽を見た。

「いかがですか」

前川に問われ、

「間違いないですな。熊谷殿は渡りの耕太一味の元締めです」

はっきりと寛陽は答えた。

「寛陽殿、そのような偽りを……」

熊谷は怒りに震えた。

箕輪が右手を挙げた。それが合図であったようで、侍たちが前後左右から熊谷に駆け寄り、行動の自由を奪った。

寛陽への憤慨《ふんがい》と当惑で我を忘れ、熊谷は侍たちの成すがままに松の木まで引きずられた。我に返り、抵抗を試みたが四人の屈強な男たちによって動きを封じられ、荒縄で松の幹に縛りつけられた。

三

平九郎は木立《こだち》の陰に身を潜める。

境内のあちらこちらに焚かれた篝火に照らされた侍たちの中には仇討ちの際に見かけた顔が何人もいる。箕輪、前川の家臣、あるいは箕輪道場の門人たちなのだろう。

寒夜をものともせず、紺の道着に身を固め額には鉢金《はちがね》を施している。きびきびとした所作《しょさ》は武芸達者と感じさせる。

「これは……」

半蔵は興奮した。

「箕輪殿、いくらなんでも寺にご家来衆を乱入させるとは、許されませぬぞ」

小四郎が言った。

「みな、参拝に来たのだ」

前川がうそぶいた。

「それは、詭弁《きべん》というものですぞ」

小四郎は抗《あらが》った。

侍たちは箕輪と前川の前に勢揃いをした。前川が参拝だと言い張ると箕輪がそれを制し、

「参拝は詭弁じゃ。ならば、正直に申す。我ら、渡りの耕太一味を成敗してくれる。一人も逃がさぬぞ」

と、決意を示した。

小四郎は寛陽を見た。

寛陽が、

「境内を血で汚すのはおやめくだされ。拙僧が耕太らを説得致します」

と、申し出た。

「それには及ばぬ」

箕輪はどす黒い目をした。

前川は、

「この悪徳坊主」

と、叫ぶや抜刀した。

寛陽の顔が恐怖に引き攣った。

前川の刃が降り下ろされる。

寛陽は逃げ出した。

それを前川は追いすがり背中を斬りつけた。

「ああっ……は、は、話が違い……」

言葉が途切れ寛陽は前のめりに倒れ伏した。

「な、なにをなさる」

小四郎は気色《けしき》ばみ、半蔵はぎょっとして小四郎の背中に隠れた。

「一角先生、何を狼狽《うろた》えておられるのだ。申したではないか。箕輪殿とわしは渡りの耕太一味を成敗する、ついてはそれを草双紙にしてくれと。そのことは杵屋半蔵も了解したであろう」

前川は半蔵に視線を向けた。

小四郎の背後から半蔵は顔を出した。

「そうであろう」

前川に迫られ、

「さようでございますな」

と、強張った顔で半蔵は認めた。

「だからと申して、御住職を斬るというのは」

小四郎は拳を握りしめた。

箕輪が、

「懸念《けねん》には及ばぬ。我ら御老中より渡りの耕太一味成敗のお許しを頂いておる。働きの悪い火盗改に代わって我らが成敗してやるのだ。斬り捨てて構わぬ、ともお墨付きを頂いておるのだ」

と、誇った。

「わかったか。これは、我らにとっての正義なのだ。新番方の意地を見せてくれるぞ」

高らかに前川は宣言した。小太りの身体が武者震いに震えた。

「しかし、寛陽殿と耕太一味が木村勘十郎や服部殿、それに父を斬ったというのは解せませぬ」

小四郎が疑問を呈すると、

「熊谷の仕業だ」

前川が断じた。

「さて、熊谷格之進」

箕輪は声をかけた。

「好き勝手に申しおって」

熊谷は怒りで形相を歪めた。

「そなたも、ここが年貢の納め時だ」

箕輪は侍たちをけしかけた。

熊谷は静かに睨み返す。

侍たちは抜刀した。

熊谷は静かに口を開いた。

「これでわかった。箕輪幸吉郎、前川伝兵衛、そなたらが渡りの耕太一味を操《あやつ》っておったのであろう。それが、発覚しそうになり父と服部与三次を斬った。そして、若田先生も斬ったのだ。寛陽殿は断末魔《だんまつま》の中、申されたな。話が違う、と。寛陽殿はそなたらに丸め込まれ、わしを耕太一味の頭目に仕立てようとしたのだ。服部を庵に呼んだのは寛陽殿、服部を斬ったのはそなたら。わしを下手人に仕立てるためにな」

「そ、そんな……汚い、あまりにも汚い。それでも侍ですか」

小四郎は憤慨した。

「汚いのは熊谷格之進だ。実父、師、門人を闇討ち同然に殺したのだからな」

前川が言う。

「嘘だ。熊谷殿がそんなことをするはずがない」

小四郎は言い張った。

「黙れ！　戯作者風情《ふぜい》が」

箕輪は甲走《かんばし》った声で小四郎を罵倒《ばとう》した。

前川が続ける。

「柳亭一角、おまえ、我らの物語を草双紙にしたいのなら、逆らわぬがよいぞ、のう、半蔵」

「そ、そうですね」

半蔵は小四郎の袖を引っ張った。それでも小四郎は、

「わたしは、このような欺瞞《ぎまん》に満ちた物語など書くことなんてできません」

断固として拒絶した。

「ふん、どうせ草双紙なんぞ、絵空事ではないか」

前川は嘲笑を放った。

「確かに絵空事です。しかし、真実を捻じ曲げてまで書きたいとは思いません」

小四郎は言い張った。

「ほう、そうか」

箕輪が小さく息を吐いた。

「先生、そんなことを言ってはいけませんよ。草双紙で生きる覚悟をなさったんでしょう。それなら、読み手が好む物語を書かなくちゃいけません。実の父、師、門人を斬った男など、これほど読み手の憎しみを集める悪党はいませんよ」

半蔵はすっかりその気になっている。

「それはできぬ。わたしは戯作者として失格だろうが、人としてそんなものは書けぬ」

小四郎は突っぱねた。

「先生、そんな青いことをおっしゃらないでくださいよ」

半蔵は宥めにかかった。

「なんと言われようが、わたしにはできぬのだ。半蔵、わかってくれ」

小四郎は悲壮な顔で決意を告げた。

「先生……」

半蔵は困った顔をした。

前川が、

「言葉でわからぬのなら、剣に物を言わせるしかないな」

と、小四郎と半蔵を見た。

泣きつかんばかりとなって半蔵は、

「先生、承知してくださいよ」

と、小四郎に頼み込んだ。

「斬るのですか」

小四郎は前川を見返した。

「草双紙を書かぬ戯作者などどこの世におっても役には立たぬ。死んだところで、悲しむ者も困る者もおるまい」

箕輪が乾いた口調で言った。

「それは確かに」

小四郎は薄笑いを浮かべた。

すると半蔵がそっと小四郎の側《そば》から離れた。次いで山門に向かう。

「待て」

前川が呼び止める。

「あたしは、ここらで失礼させて頂きます」

半蔵はぺこりと頭を下げた。

「そうはいかぬ。そなたも、余計なことを耳にしてしまったのだからな」

「前川さま、あたしはここにはいなかったのです。つまり、ここで見聞きしましたことは、一切口外致しません。あたしは、口が堅いことで有名でござんすので」

愛想笑いと共に半蔵は言った。

「口が堅いのが自慢か。それは大したものだな。ならば、わしがもっと確実に口を堅くしてやる」

前川は大刀を抜いた。

「ひえ〜、ご冗談はよしてくださいまし」

半蔵は両手を合わせた。

「わしは、冗談は申さぬ」

前川は言い放った。

平九郎は熊谷が縛られている松の背後に回った。

「熊谷殿……」

耳元でそっと囁く。

「椿です。今、縄を解きます。ですが、このまま動かないでください」

平九郎が言うと熊谷は黙ってうなずいた。

平九郎は脇差を抜き、縄を切った。

「今回のこと、背後で糸を引いておったのは箕輪と前川なのでしたな」

「とんでもない奴らだ」

熊谷は小声で怒りを滲ませた。

「話は後で、今はここを脱しましょう」

「小四郎殿と杵屋を助けねばならぬ。それに、耕太一味のことも気になる」

熊谷は言った。

「望むところです」

平九郎も闘志を燃え立たせた。

「ならば」

熊谷はゆっくりと歩き出した。

前川が半蔵に刃を向けていた。

「待て！」

熊谷が声をかけた。

夜空に寒雷《かんらい》が鳴った。雪を呼び込むような寒々とした雷鳴である。

四

その頃、本堂では、

「そろそろ、元締めが来るんですがね」

と、耕太は言った。

「元締めの旗本は誰だ」

佐川は問いかけた。

「そいつはいくらなんでもあっしの口からは言えませんよ。これでもね、少しばかりの忠義心はあるんですからね」

耕太は言った。

「ふん、気取りやがって」

佐川は笑った。

「ま、勘弁してくださいな。あっしらもね、お蔭で無事に江戸から出て行けるんですからね」

「ほう、自信満々じゃないか」

佐川はからかい半分に訊いた。

「ああ、佐川の旦那、信じていねえでしょう。馬鹿にしていますね」

耕太は顔をしかめた。

「しかし、江戸から出ようとしたってな、火盗改は目を光らせているぞ。そう、簡単にはいくまい」

佐川の問いに、

「それがですよ、そのお方の知行地《ちぎょうち》に匿ってくださるんです」

耕太たちを知行地へ向かう際の一行に従えてくれるのだとか。

「ほう、知行地があるのか」

「上総《かずさ》ですがね」

半蔵はへへへ、と笑った。

「そうか、それで、そのお方を待っているというわけだな」

「そういうこってす。まさか、佐川の旦那も上総まで用心棒になって同道してくださるわけにはいきませんでしょう」

耕太は言った。

「そいつは無理だな」

佐川は笑った。

すると、何やら境内が騒がしい。佐川は立ち上がり本堂から濡れ縁に出た。

紺の道着姿の侍たちが境内に入って来た。

「おい、おまえの言うお偉い方というのはあれか」

佐川は手招きをした。

「そうですよ」

耕太は腰を上げた。

「それにしちゃあ、旅に出る風じゃないぞ。まるで、盗賊を退治するかのようだぜ。いやあ、勇ましいったらないね」

佐川らしい軽い調子で言い立てた。

「なんですって」

訝しみながら耕太は佐川の横に立った。

「あれえ……」

素《す》っ頓狂《とんきょう》な声を出し、おかしいなあ、と疑念の様子になった。

「なるほど、そうか。おまえらの元締めは箕輪幸吉郎殿と前川伝兵衛殿か」

佐川は指差した。

「ええ、そうなんですけど」

耕太は半信半疑の目で箕輪たちを見た。

「おっと、若田小四郎と杵屋半蔵もいるぞ。何か押し問答をしているな。どんな、話をしているんだろう」

佐川は腕を組んだ。

「さあ、あっしにはわかりませんよ」

耕太はすっかり怯え始めた。

「おまえら、騙《だま》されたんじゃないか」

佐川に指摘され、

「そんなこと、ありませんよ」

否定しながらも耕太は不安そうだ。

すると、

「ああっ」

耕太は悲鳴を漏らした。

前川が寛陽を斬ったのだ。

「こりゃ、ひでえなあ。背中をばっさり、だぜ」

佐川は顔をしかめてから、

「これでも、箕輪さんを信用するのかい。ええ、どうなんだ」

と、耕太を見る。

「いや……」

耕太は本堂に逃げ込んだ。

佐川も追う。

「佐川の旦那、助けてくださいよ」

耕太はすがるような目を向けてきた。

「おまえなあ、用心棒はいらないって断ったばかりではないか。舌の根も乾かぬうちに調子がいいぞ」

佐川はからかい半分に言った。

「旦那、そんなこと、おっしゃらないでくださいよ。あっしだってね、まさか箕輪さまと前川さまに嵌《は》められるなんて思ってもみなかったんですから」

耕太は情けない顔をした。

「まあ、いいけどな。それで、用心棒代、いくらくれるんだよ」

佐川は手を出した。

「十両を……」

おずおずと耕太は言った。

「話にならないよ」

手を引っ込め佐川はむくれた。

「では、十五両」

耕太は言葉を重ねる。

「おまえの命はたったの十五両か」

佐川は嘲笑った。

「三十両……」

「まだまだ」

「五十両」

「けちけちするな」

「ええ～い、百両だあ」

耕太は両手を広げた。

「いいだろう」

佐川は請け負った。

「お願いしますよ」

耕太は賭場の上がりから百両をかき集めた。

「まあ、任せろ」

佐川は胸を張った。

「まったく、ひでえ目にあわされたよ。人は信じるものじゃねえな。ほんと、おれはお人好しだ」

半蔵はぼやいた。

「ぼやいている場合じゃないぞ」

佐川が言うと、

「あっしはどうすりゃあ」

耕太は慌て始めた。

「仏さまの御加護《ごかご》を受けるんだな」

佐川は仏像を見た。

「仏さま、どうぞお助けを」

耕太は両手を合わせ、「南無妙法蓮華経《なむみょうほうれんげきょう》」とお題目を唱えた。手下たちもそれに倣《なら》う。日蓮宗《にちれんしゅう》じゃない、と佐川が教えてやろうとしたが馬鹿々々しくなり、失笑を漏らすに留めた。

耕太たちは仏像の陰に隠れた。

佐川は六尺棒を手に濡れ縁に出た。

前川は半蔵に大刀を向けた。

その時、

「やめろ!」

熊谷が声をかける。

前川は振り被った大刀を下ろした。箕輪も厳しい視線を向ける。

熊谷に続き、平九郎にも気づいた。

「椿……」

前川が口を半開きにした。

「よくも欺《あざむ》いてくれたな」

平九郎は怒りをぶつけた。

「こうなったら、ひとまとめに始末してくれる」

憎々し気な顔で箕輪は門人たちをけしかけた。

「よおし、いいだろう」

平九郎も大刀を抜いた。

侍たちが血走った目で平九郎と熊谷を見る。

「庵の中で待て」

平九郎は小四郎と半蔵に言った。半蔵は素直に従ったが小四郎はそれを良しとしないのか立ち止まっている。

「刀を捨て、筆を選んだのだろう。筆で真剣は受け止められぬぞ」

平九郎は言った。

「わかりました」

小四郎も従った。

侍たちは平九郎と熊谷を取り囲んだ。二人は背中合わせになった。

「臆《おく》するな」

前川が侍たちを叱咤した。

佐川は濡れ縁で様子を見ていたが、俄《にわか》に動きが広まった。庵の方が気になる。平九郎はどうしただろう。

すると、熊谷と平九郎が飛び出した。半蔵を助け、半蔵と小四郎は庵へと逃げ込んだ。侍たちが平九郎と熊谷を囲んだ。

「よし、おれの出番というわけだ。おれの活躍ぶり、草双紙に書いてもらうか。小四郎に見せたいところだな」

佐川は六尺棒を振り回し、階《きざはし》を下りた。

漆黒《しっこく》の空から牡丹雪《ぼたんゆき》が降ってきた。

前川が箕輪道場の門人たちを率いて本堂に向かって来た。階の下で佐川に気づき、

「佐川氏……貴殿、ここで何を」

前川は射竦めるような目で問いかけた。

「あんたらが元締めになっている渡りの耕太の賭場で遊んでいたんだ。まったく、行儀の悪い連中だ。イカサマやりやがって……あんたらの指導が悪いんだぞ」

佐川は捲し立てた。

「おのれ、愚弄《ぐろう》しおって」

前川は歯嚙みした。

「愚弄なものか。正直に申しただけだ」

前川たちを挑発するように、佐川は六尺棒を頭上でぐるぐると回した。

前川が抜刀し、

「かかれ！」

侍たちをけしかけた。

道着の肩に積もった雪を飛び散らせながら敵が迫って来た。

六尺棒を構え直し、佐川は敵の腹を突き、顔面や肩を容赦なく殴りつけた。更には両手で六尺棒を水平に持って、押し戻す。

思うがままに暴れる佐川に前川は業《ごう》を煮やし大刀を下段に構え、すり足で佐川との間合いを詰める。

佐川は六尺棒で前川の足を払おうとした。

しかし、前川は小太りには不似合いに敏捷な動きを見せ、飛び跳ねたり後ずさったりして巧みに六尺棒をかわした。

「やるなあ」
にやりと笑うと佐川は六尺棒を投げつけた。
これも、前川は難なく大刀で打ち落とした。
すかさず、佐川は腰の大刀を抜き放ち、前川に斬りかかった。
前川は佐川の刃を受け止める。
二人の刃が交わり鍔《つば》競《ぜ》り合いとなった。
佐川は渾身《こんしん》の力で前川を押す。前川も意地になって押し返す。
箕輪道場の門人たちが二人の前後に立ち塞がる。
敵の動きを見定めつつ、不意に佐川は一歩後ろに下がった。
前川は身体の均衡《きんこう》を崩した。
間髪を入れず佐川は斬撃を加える。
かろうじて前川は刃で受け止めた。しかし、腰が定まっていない。
前川の危機に門人たちの動きが乱れる。二人が前方から斬りかかって来た。
佐川は前川の腹を蹴った。
前川は門人たちにぶつかり、共に転げ、泥と雪にまみれた。
佐川は平九郎と熊谷が敵に囲まれているのを見た。転がる六尺棒を拾い、敵に駆け寄る。

起ち上がろうとした前川の顔面を六尺棒で殴打し、横を走り抜けた。前川は仰向けに倒れた。

雪が降りしきる中、平九郎と熊谷は刃を構えた。二人を囲む敵の輪がじわじわと縮まる。どちらからともなく平九郎と熊谷は飛び出した。

群がる敵と斬撃に及ぶ。

平九郎は大刀の峰を返し、敵の首筋や眉間を打ち据える。最小限の動きで急所に攻撃を加え、戦闘能力を奪っていった。

それでも数を頼み、敵はひるまず平九郎に向かって来る。

積雪に足を取られないよう平九郎は腰を落とした。ちらっと熊谷に視線を向ける。熊谷も姿勢を低くし、敵の動きを冷静に見定めていた。

熊谷を気遣うには及ばない。

自分に斬りかかる敵との勝負に専念すべきだ。相手は多人数のうえ足場が悪い。こちらから仕掛けては、囲まれてしまう。

全身の血が滾り、闘争本能がかき立てられ、平九郎の身体から湯気が立った。

敵も白い息を吐き、額に汗を滲ませている。

「おのれ!」

一人が雪と泥を踏みしめ、大刀を振りかぶって猛然と斬りかかってきた。

平九郎は大刀を下段から斬り上げようとした。

その刹那、吹雪が平九郎の顔面に降りかかる。一瞬、平九郎は目を閉じてしまった。

すかさず、敵は白刃を斬り下げる。

かっと両目を見開き、平九郎は大刀で受け止める。青白い火花が飛び散った。

が、敵の斬撃は凄まじく、思わず平九郎は地べたに片膝をついた。膝で雪がきゅっと鳴った。

敵の刃が平九郎の頭上を襲う。

平九郎は立ち上がり様、背後に跳び退いた。

敵の攻撃は凌げたが、その隙に複数の侍が平九郎を囲んだ。

侍たちは追いつめた獲物を仕留めんと、囲みを縮める。

平九郎は正面の敵を見据えつつも背後の動きにも注意を払った。

よし、正面突破だ。

平九郎は大刀を大上段に構え直した。

そこへ、

「佐川権十郎、助太刀申す！」

明るい掛け声と共に佐川が駆け付けた。言葉通り、佐川は六尺棒で暴れ回った。

風が強くなり横殴りの雪が顔面に降りかかる。

それでも、平九郎は笑みをたたえた。

降り積もる白雪にも負けない色白の肌が篝火に揺らめく。

敵は平九郎を囲んだ。

すると、平九郎の周囲に蒼い靄のようなものがかかった。

吹雪いているにもかかわらず、川のせせらぎや野鳥の囀りが聞こえてきた。

平九郎は笑みを深めた。今にも山里を駆け回らんばかりに楽しげだ。

無邪気な子供のような平九郎に、敵の殺気が消えてゆく。

平九郎は大刀の切っ先をゆっくりと動かし始めた。吸い寄せられるように敵の視線が切っ先に集まる。

平九郎は切っ先で八文字を描いた。

雪風巻《しまき》の中にあっても、平九郎の太刀筋は鮮やかな軌跡を描いた。

敵の目には平九郎が朧に霞んでいる。

「何をしておる！」

離れた所から箕輪が怒声を浴びせた。

門人たちは我に返り、算《さん》を乱しながらも斬りかかってきた。

が、そこにいるはずの平九郎の姿がない。

唖然とする敵の背後で、

「横手神道流、必殺剣朧月！」

平九郎は大音声《だいおんじよう》を発するや、振り返った敵の首筋や眉間に峰討ちを浴びせた。

瞬《まばた》きをする暇もなく敵は倒れ伏した。

「おのれ！」

箕輪が斬りかかって来た。

「わしが相手じゃ」

熊谷が立ちはだかった。

箕輪は大刀を下段に構え、熊谷の脛《すね》を狙った。

熊谷は後ずさり、松の木を背にした。

箕輪はニヤリとした。

次いで、突きの構えをし、猛然と熊谷に走り寄った。

熊谷は宙を飛び、大刀で松の枝を切った。

降り積もった雪と共に枝が箕輪の頭上に落下した。

「ああ～」

情けない声を発し、枝と共に転倒した。

大晦日《おおみそか》の夜、平九郎は小四郎の仕事場を訪れた。門には門松《かどまつ》が飾られ、殺風景な仕事場の片隅に福寿草《ふくじゅそう》の鉢植えが彩りを添えている。

小四郎の他に熊谷格之進がいた。

箕輪幸吉郎と前川伝兵衛は渡りの耕太一味を使って新番方の旗本屋敷で盗みを働かせた悪事が露見し、切腹の上、御家改易《おいえかいえき》に処せられた。渡りの耕太一味は八丈島《はちじょうじま》に遠島《えんとう》となった。服部与三次は悪事の蚊帳《かや》の外で、耕太一味を本気で追いかけていた。

箕輪と前川は寛陽に服部を誘き出させ、斬殺したのである。

「若田先生斬殺も箕輪と前川の仕業だったのですね」

平九郎は熊谷に訊いた。

「あ奴らはわしを殺そうとしたようだ。耕太一味の背後には新番方の旗本が控えておる、とわしは箕輪と前川に話したからな。勘づかれる前にわしを斬ろうとしたのだろう」

稽古を終え、彼らは熊谷の隙を窺っていた。熊谷は近所の商家に金策に行っていた。帰って来るのを箕輪と前川は待ち伏せしていた。ところがそれを小兵衛に見咎められてしまった。

箕輪と前川は小兵衛を斬った。

「二人がかりで若田先生に斬りかかったとしても、一刀の下《もと》に先生が斬られたことがどうしても腑に落ちません。いくら、背中を狙われたと言っても……そうですよ、前川も申しておりました。背後から襲ったが歯が立たなかった、と。若田先生に隙というものは皆無、背中にも目がある……前川は嘘を吐いておったのですか」

平九郎が疑問を呈すると小四郎もうなずいた。

熊谷は小さく息を吐き重々しい口調で言った。

「先生は真剣が持てなくなったのだ」

たちまち小四郎が反論を加えた。

「父は国許で山賊征伐の指揮を執ったではありませぬか。その際、息子のわたしが申すのもなんですが獅子奮迅《ししふんじん》の活躍だったと耳にしております。大勢の山賊を刀の錆としたのですね」

小四郎の言葉に平九郎も賛同した。

苦渋の表情を浮かべ、熊谷は答えた。

「山賊征伐の際、乱戦の中、先生は山賊どもの酌婦にさせられていた女性の首を刎《は》ねてしまった。そのことを先生は深く悔いた。以来、真剣が持てなくなったのだ」

それゆえ、道場での真剣を用いた稽古は行われなくなった。

「箕輪と前川に真剣を向けられ、先生は足が竦んだであろう。踵《きびす》を返すのが精一杯だったのだ」

「それで、熊谷殿は父に隠居を勧めたのですね」

「若田小兵衛の名を穢さぬうちに、身を退《ひ》かれるのがよいと思った次第」

「父の名誉を守るため、そのことを口外なされなかったのですね」

小四郎は頭を下げた。

「箕輪の屋敷に匿われたのは、箕輪と前川の罪を暴こうとしてですか」

平九郎の問いかけに、

「その時はそこまでは考えておらなかった。ただ、先生を斬った者を探し出そうと思い、身を隠すべく箕輪を頼ったのだ。先生が真剣を持てなくなったのを下手人は知ったはずだ。下手人がそのことを表沙汰にする前に捕まえ、斬ろうと考えたのだ。箕輪にしてみればわしは飛んで火に入る夏の虫、屋敷内に匿い、隙を見て殺そうと思い、わしを受け入れたのであろう」

淡々と熊谷は語った。

そこへ、

「ちわ〜」

と、蕎麦屋がやって来た。

平九郎が年越し蕎麦を頼んでおいたのだ。熊谷も小四郎も破顔し、平九郎の好意を受け入れた。三人の前に蒸籠《せいろ》が重ねられた。

蕎麦を手繰《たぐ》ると除夜《じょや》の鐘が鳴り始めた。

「ところで、大殿さま、草双紙をお書きになっていらっしゃいますか」

小四郎が問いかけてきた。

平九郎は苦笑し、

「飽きてしまわれた。近頃では草双紙のくの字も口にされぬ、とか。柳亭一角の『若田小四郎仇討ち回国記』をお読みになられた当初はわしのネタを盗まれた、と騒いでおられたが、読むうちに、こんな馬鹿々々しいもの、付き合えぬ、と草双紙に興味をなくされた、とか。大殿らしい。そのうち、新しい趣味を始められるだろう。勘定方は怯《おび》えておるぞ」

　平九郎が笑うと小四郎と熊谷も声を上げて笑った。

「あ、そうそう。引っ越し先が見つかりましたので、正月早々に出てゆきます」

　小四郎は礼を言った。

「急ぐことはない」

　平九郎が返すと、

「熊谷殿にご迷惑がかかりますから、なるべく早く引っ越します」

　熊谷に視線を向け、小四郎は言った。

　熊谷は大内家に帰参し、若田小兵衛の後継として藩主盛義の兵法指南役と道場主となった。

「道場さえあれば、稽古はできる。小四郎殿、慌てずともよいぞ」

　熊谷も気遣ってくれた。

「お言葉はありがたいのですが草双紙の仕事場があっては稽古の邪魔です」

「稽古に身を入れれば他のことは目に入らぬ。また、そうでないと稽古をしているとは言えぬ」

　熊谷の言葉にうなずきながらも、

「実は……所帯を持つことになったのです」

頰を赤らめ、小四郎は打ち明けた。

杵屋半蔵の紹介で見合いをしたのだそうだ。「新川の呉服屋の娘です。器量は人並みですが世話焼きのしっかり者で……女房にはいいかな、と」

「そうか、早く申せよ。よし、前祝だ。酒を調達してくる」

平九郎は立ち上がり、仕事場を出た。

夜空に響く除夜の鐘が煩悩《ぼんのう》を洗い流してくれるようだ。

来年はどんな年になるのだろう。

平穏には過ぎないだろうが、何があっても立ち向かうだけだ。平九郎は抜刀し、空を見上げて八の字に斬った。

暗黒の空に朧月が浮かび上がった。

時代小説
二見時代小説文庫

疑惑《ぎわく》！仇討《あだう》ち本懐《ほんかい》　椿平九郎《つばきへいくろう》　留守居秘録《るすいひろく》4

二〇二一年　一　月　二十　日　初版発行

著者　早見《はやみ》　俊《しゅん》

発行所　株式会社　二見書房
〒一〇一-八四〇五
東京都千代田区神田三崎町二-一八-一一
電話　〇三-三五一五-二三一一［営業］
〇三-三五一五-二三一三［編集］
振替　〇〇一七〇-四-二六三九

印刷　株式会社　堀内印刷所
製本　株式会社　村上製本所

落丁・乱丁本はお取り替えいたします。定価は、カバーに表示してあります。

ISBN978-4-576-21209-8
https://www.futami.co.jp/